书写而世界 阅读以介入

燕子呢喃，白鹤鸣叫

阮夕清 著

上海文艺出版社
Shanghai Literature & Art Publishing House

目 录

华夏第一公园　　　　　　　/1

运河铁人　　　　　　　　　/33

燕子呢喃，白鹤鸣叫　　　　/63

讲苏州话的人　　　　　　　/95

窗外灯　　　　　　　　　　/123

八音枪　　　　　　　　　　/149

*

"鬼迷"与"唔不交易"　　　/171

华夏第一公园

一九九八年，陈国良靠收售旧书挣到不少外快，每月八百出头，高过他超市保安岗收入两倍有余。

第一批旧书来自永泰毛纺厂。知青陈新民回城后，在毛纺厂工作二十年，从物资科到打包间再到工会，各种缘由一言难尽。厂倒闭时，车辆、设备、生产线和旧电梯早被破产办作为优质资产预处理，办公桌椅、铁皮更衣柜也由厂办安排妥当。几千本旧书旧杂志工会准备卖废纸，估摸能值三五百块。正如人之将死其言也善，厂之将破，也会淌出特别的人情味，最后一次内部安置会议，厂长心血来潮，提议由陈新民处理旧书，他动情强调："老陈四次分房都没轮到！"班子一致通过。陈新民借辆三轮车，和儿子陈国良一起，来回八趟，总算把书全拉回家里。旧书堆进客厅、走廊、卧室、厨房，垒到两米高，一起身一转头，碰手碰脚。一家三口穿行在刚挖好的壕沟之中，多了点被围拢的安全感。毛纺厂图书室旧书大致分以下几类：武侠言情、中外文学、科普读物、社会科学、家庭实用（电器维修、美食、穴位按摩、养花窍门等），还有各种文学期刊、地摊杂志和连环画。这些大概是国营工厂图书室标配。连环画四本钉一起，硬壳牛皮纸做封面封底，抓手中掂掂，沉，让人起念远掷或砸点什么。亲戚介绍陈新民去银行看门兼保洁，白天保洁，晚上值班，二十四小时那种，这批书往何处去就成了陈国良一个人的使命。

无锡传统旧书集市在南禅寺。这个传统是最短的传统，之前零星来往几个旧书摊，近年大批工厂图书室旧书流出，半年多了六十几个摊位，初具市场规模。陈国良来过几次南禅寺，很快发现弊端：每天要付七块钱摊位管理费；书类重合度又高，买书人来回比价，屡次造成摊主间冲突。他考虑两天，换了地方，书摊挪到无锡师范、江南大学门口。此举收到奇效，不仅人文社科类老版书溢价，他还接到"淘书"任务，老师学生套书缺单册，或找特定版本，他一知半解，拍胸脯答应，抽时间南禅寺转转，中华、上古、网格本乱问一气，帮他们凑成几单。

他常去摆摊的另一个地方是城中公园，无他，图近。城中公园与他工作的超市的停车场一墙之隔，中班，下午两点半到岗，他可以在公园守到两点一刻起身。

"城中公园"是无锡人约定俗成的叫法，其原名气势磅礴：华夏第一公园。此言非虚，作为国内第一座城市公园，它始建于清光绪三十一年。

陈国良的书摊摆在假山边上，身后同庚厅推出"迎中秋·外星人尸体展"，门票五角，儿童一米四以下半价，游客逛完展意犹未尽，会顺手翻翻书报。区别于学校门口，城中公园好卖的是武侠言情、连环画，兼及封面生猛类，比如"雪米莉系列""西村寿行系列""法制与人性丛书"。游客问多买少，那些混迹公园的人跟陈国良自来熟，习惯借一本，翻个半天再还给他。借书人多时，陈国良眼观八方，一方面是担心书，毕竟一个人也不认识；另一方面，前后左右的树荫下，十来个人手捧着书，画肖像的、卖假古董的、等舞搭子的、酒店门童……这些人做同一件事情时的姿势接近，似乎因他举行着一种宗教仪式，人流露着植物的平静，仿佛调换，树具备了人的神情。他挺沉溺这种感觉。

摆象棋残局的铅桶借得最勤，他阅读量大，一天六本《故事会》。了解到旧书可议价卖钱，铅桶灵感乍现，翻箱倒柜找出裹在父亲寿裤里的一叠旧杂志，带给陈国良估价。铅桶带来陈国良短暂旧书生涯的第

3

一次惊喜：三十本《良友》、二十五本《东方》。民国旧杂志，陈国良认为要比《故事会》《人之初》值钱些，他以两块一本收进，再以十块一本（开价二十）卖给江南大学一老教授，一来一去，净挣四百四。

第二次惊喜想象空间更大。汤团告诉陈国良，他堂哥有关系，可以论斤收通江模具厂旧书。上个月破产的通模厂是解放后机械局第一批千人大厂，可想而知其图书室规模。汤团病假十年了，职业千变万化，最近批了一堆厨具厂积压的信息锅在卖，号称严新给开过光。他的确有个堂哥，他堂哥的确认识通模厂一个门卫，至于图书室那批旧书，半年前工会内部处理了。一圈打听、交流下来，陈国良红南京发掉两包，他不明白汤团为何夸大其词，就为了他答应请的那顿饭，就为了宫保鸡丁、韭菜百叶和糖醋带鱼？一路上，汤团表演着长袖善舞，他跑前跑后，替陈国良懊恼，责怪陈国良没提前半年认识自己。

第二次惊喜未实现，人情却欠下了。陈国良在超市地下一层美食广场请汤团，同时喊上汤团堂哥、铅桶，铅桶自作主张带来朋友野种。野种人如其名，四季不分，九月天套件圆领棉背心，他挨陈国良坐，身上草莽之味冲鼻，陈国良憋会儿气，轻吸缓出，慢慢适应。陈国良见过他几次，知道他卖蝈蝈、黄蛉为生，经年游走公园与中山路各商场门口。铅桶介绍，野种

4

八十年代进去过。大家未免追问，他自称跟厂长女儿自由恋爱，女孩南大研究生，学古典文学，厂长反对他们交往，花钱请美国中央情报局设计圈套，栽赃他吃鸦片、贩鸦片。鸦片，陈国良第一次听到是在《大侠霍元甲》里，当时他六岁；中央情报局呢，这个大洋彼岸的机关何时在记忆里出现的？汤团反复问野种与南大研究生恋爱的细节，他风轻云淡，点到为止。大家其乐融融地敬酒，陈国良回过神，面对几只伸到面前的纸杯，举杯相迎，杯软，不堪一握，没法真的碰，轻触即放。这杯让他想起纸马、纸人、纸房，不像给活人用的，胸口便弥漫起无边的荒凉。桌上，他其实一个人都不认识，他不仅喊不出他们的名字，甚至连外号都存疑，比如野种，铅桶又喊他野鸡，几杯酒后，又喊他野人，反正他都答应；比如汤团堂哥，汤团只喊他三哥，自己随汤团喊三哥，可通模厂的人却称呼他老四。陈国良坐在熟悉的一无所知之中，不过，这无关他们，他坐在任何人群里都是这种感受：当你觉得熟悉，总有一句话或一个表情恰到好处地提醒你，保持好分寸；当你觉得应该远离，又有一种习惯甚至依赖，把你适当拉回。

陈国良一九九五年入职第一百货，做保安；一九九六年调到一百集团旗下好买得超市，还是做保安。

超市同事们大多知道陈国良倒腾旧书的事，这外快听上去就区别于出租押车、装空调热水器、经营放心早餐车，自带鸡零狗碎的寒酸意味，无从羡慕，多施以宽谅的心态。更衣柜窄，他把蛇皮袋寄放变电站，值班电工随便看，企管科科长拿走过一套《冰心艳尼》，保卫科科长借走几本《飞碟探索》，又带给陈国良几本《看图说话》和《小朋友》以示公平。计财部李出纳抱来两袋课本和练习册，请他报价。陈国良告诉她这些自己不收，得去废品回收站。对方说懒得去，让他论斤算，陈国良抱抱两袋书，挺重，一蓬积尘扑面而来，霉陈味里他半天没回过神。李出纳说："重吧，我不会让你吃亏的。"陈国良"嗯"了声表示同意。他掏出五块钱，的确完成了某种交易，他由一个收旧书的变成了一个收废品的，但真要他讲明白两者的区别，他也理不清楚。

美食广场请客后，连续下雨，陈国良近一周没出摊。他轮到固定岗，除了吃饭出恭，每天要值守后门九个小时。他多次想到大学门口那些女生，还有城中公园的铅桶、汤团和野种。他更情愿只想到那些女生，屏蔽后者，可无法做到。这些人作为人群，总是整体闪回。啪！运输工不时拿出门证怒拍值班台，好像这张木头台子会疼，会接受他们的不满。他拿起章，砰地一敲，同样表达出此刻的心情。然后继续面对人群发呆，人群在雨声中渐渐膨胀。

对讲机滋啦啦响起，科长让他去办公室一趟，动作要快。科长的声音经小喇叭压缩，具有更集中的逼迫感。陈国良和对班交接，快步进入卖场。保卫科办公室门半开，他的职高同学宋小东靠墙立正，三个同事分站三角，形成合围之势。科长站在办公桌后，指着宋小东训话："年纪轻轻不学好，不要以为是小事，换严打时试试。"宋小东胸口挂两只球鞋，牛仔裤奔拉胯部，脚上两只皮鞋被鞋带拴牢，像是戴上了一副细细的脚铐。宋小东抬头与陈国良对视，面孔瘦黄，眼珠也是暗黄的，客气地对他和科长点头，不忘微笑，丝毫没有被同学撞见不堪的尴尬。

看到充当刑具的新鞋，还有办公桌上撒开的香皂、洗头膏、巧克力，陈国良猜到发生了什么。至于香皂旁的身份证、一团零票和一包良友，应该是从宋小东裤兜里翻出的。如他所料，巡岗保安发现宋小东偷鞋子、偷日化用品，一路默默跟到他出门抓现行。后者全程配合，做笔录、挨体罚，没什么讨价还价的。最后科长要求他以鞋价两倍罚款，宋小东没办法，这才提分配到第一百货的同学，前面几个，要么查无此人，要么离职，总算陈国良还在。

商职专业五花八门，应时运而生，蔬菜班、糖烟酒班、百货班、五金班、化工班、酒店班、交电班、会计班，对应商业局辖下各个公司的劳动力需求。宋小东高三从化工班换到陈国良所在的百货班，没几天便分配去各自单位实习，两人接触不多，毕业三年，从无交往。陈国良完全想不起宋小东分配的单位，但宋小东竟记得陈国良分配在第一百货，足以证明他是有心人。

宋小东没让陈国良为难，主动提出可以按原价缴纳罚款，身份证押超市，回头拿钱来赎。科长再次强调看陈国良面子才放他一马。陈国良发一轮烟，谢过他们，承诺下次请客，然后替宋小东摘掉球鞋，再解鞋带。他蹲下时重心不稳，身体晃了晃，鞋带打成几个死结，他需要依次解开。让他极不好受的是，这站位、动作里蕴含一种奇怪的亲密意味，他为此付出了从未有过的耐心。宋小东把裤子提起来，接过皮带束紧，保持客气的笑。等陈国良又发完一轮烟，两人一起出门。宋小东拍拍陈国良的肩："兄弟，不好意思，让你看笑话了。"

饭点刚过，地下美食广场没几个人。陈国良给宋小东点了碗咸泡饭，加只荷包蛋。好再来的厨师在角落斩肉，美食广场四处回荡急迫的斧钺剁砍声。宋小东连打几个饱嗝，袖管胡乱撸嘴，百分之九十接近同学宋小东了。

还没等陈国良问，宋小东就主动说起自己沦落的经过。与班里大多数同学服从分配不同，他毕业后自谋职业，去父亲上班的服装公司做出纳（父亲与老板旧识，在公司做包车司机）。半年后舞厅认识的朋友带他赚外快，做亿年钻石营销，刚开始做得不错，在亲戚邻居中发展几个会员。为尽快达到白银级（发展二十个会员，每月返利三千，再加钻戒回购，两年后投资可翻倍），他挪用了公司两笔货款，想打个时间差，等半年，返利加外面朋友凑些再还。接下来的事顺理成章：传销公司跑路，为免他牢狱之灾，父亲抵掉夏利车还清公司债务，没脸再待公司，跟着别人跑黑车。亲戚邻居的钱不仅仅是亲戚邻居的钱，如他一样，他们也发展了下线，下线又发展了下线，这笔账累计到他头上，再溯源到他朋友头上。多方打听得知那家伙藏身盐城，他搜寻三月未果。后来他又跟着不同消息源去了宿迁、枣庄、开封、大连、沈阳、呼和浩特，挖地三尺，到底也没能把那家伙给挖出来。打开地图，遥远的西沙群岛，两掌之隔的秦岭山脉，不知其藏身何处。九月回无锡休整，准备年底再去找人，这次听说那家伙现身广州。债主三天两头上门，宋小东白天就在外面晃荡，晚上偶尔回家，大多数时候住火车站旁的周山浜旅馆。

类似的故事陈国良好像在哪里读到过，《知音》

《婚姻与家庭》《青年一代》之类，带有警世意义，主人公结尾大多自杀，部分妻离子散，很少涅槃重生。如果起个标题，应该是《覆亡！被传销吞噬的人生》。陈国良愿意相信他百分之二十——至少眼前的穷困潦倒是真的。

两人聊起其他同学。陈国良和同学来往不多，几个略有耳闻：家里托关系，两个进了银行工作，一个进了派出所工作，都是金饭碗。宋小东有一句没一句听陈国良说话，眼神飘移不定，看得出，他对同学们近况其实不感兴趣。两人都觉察到对方的心不在焉，他们好像延长了某次街头相遇的点头示意，只愿对方尽快走远，从此不要再见。

陈国良准备再敷衍几句。他拿定主意，先掏二十块，以免宋小东说出令他为难的数字。"这几天雨落得心烦。你最近在哪里鬼混？游戏厅吗？"

宋小东侧身张望陈国良身后，手扶电梯送下来几个人。"他们这是去超市总台存包。我去游戏厅干吗？我上学时就不喜欢打游戏，屏幕闪得眼睛疼。我这两个月一直在城中公园。"

陈国良手插裤袋，凭指感分离两张十元币，单独捏住，此时又松开。"你这两个月一直在城中公园？怎么可能？"因为质问，他的声音陡然升高。

宋小东奇怪他的反应："你挺滑稽的，我为什么不可以在城中公园？"

"你的意思是这两个月一直在城中公园？"

"是啊，怎么了？"

两个人又把十秒前的对话重复了一遍。

陈国良的笑意洞悉一切："嘿嘿，兄弟，你在吹牛皮，你可以在任何地方，就是不可能在城中公园，因为这两个月我也在城中公园。"

这次轮到宋小东惊讶了："不可能，要是你在城中公园，我怎么会没碰到你？"

陈国良抬抬屁股，让后背靠得更熨帖："你先别问我，我还要问你呢，要是你在城中公园，我怎么会一次都没碰到你？"

宋小东直视陈国良，确定对方不是开玩笑，恍然大悟，拿起筷子敲了下汤碗，提醒他："你肯定搞错了，我说的城中公园是你单位边上的那个公园，门口有座石牌坊的。"

陈国良反问："难道无锡还有第二个城中公园？"

两个职高同学，一个上午还在犯愁连续几个雨天无法出摊，一个刚填饱肚子（饱腹淡化了之前在保卫科遭遇的羞辱，耻感还在，只是并不够形成难过），现在却有一致的新问题要解决。这个问题暂时看起来比其他一切问题都重要。

陈国良想到一个可以戳穿他牛皮的角度："你认

识铅桶吗？"

"当然认识，摆残局的。他象棋水平不错，只比我差点，上个月输给我两次。"

"他残局输给你？"

"残局都是套路，他永远赢。我们正常下棋，赌烟，明白吧？正常下棋他就输给我。"

"那铅桶有个好朋友叫什么……来着？"

"你别套我话，铅桶哪有什么好朋友？都是一起瞎混的。最近混在一起的那个叫野种，脑子有问题，进过三次精神病院。"

"你对野种挺了解的嘛。"

"我也不想了解，没办法，城中公园的人都熟悉他。"

"那你平时主要在城中公园哪里混？前门？后门？还是崇安寺副食品商场那个门？"

"我还能在哪里，后门口跟退休工人吹吹牛。你别只顾审我，我也审审你，你主要混在公园哪里？"

"我摆了个旧书摊头，靠近假山那边的同庚厅，这几天落雨停了，之前每个礼拜起码有两天在的。"

宋小东如棋局陷入长考，揉揉太阳穴若有所思，语速也变缓了："铅桶手头的《故事会》从你那里拿的吧？你可能没注意，我去你摊头翻过两次书的。"

陈国良没再反驳。"当时我应该在整理书，没太留意客人。"他明显气短，开始从自己身上找失之交臂的证明。

"我再说一件事，你肯定更不信了。"

"没关系，你说说看。"

宋小东还是犹豫，似乎担心说出来会破坏好不容易才达成的同在共识。"本来我就要来找你的。"

"你怎么把话又说回去了？"关于谁在城中公园的讨论过后，一不留神，陈国良和宋小东恢复成同学状态的交流，问答之间变得自然了，"我们别说这种客套话。今天我正好上班，你是没办法才报我名字的。如果我没上班，你找其他人捞你也一样。第一百货又不止我一个同学。"

"不不，兄弟，你没明白我的意思。"宋小东无可奈何地告诉他，"你说巧不巧，我这两天就在打听那个卖旧书的人，有个事情要找他，这么一来，等于是找你啊！"

铅桶、汤团他们知道陈国良和宋小东的同学关系后，表现平常，并没有为那种极具偶然性的错过讨论一番。也许，他们的认知中，陈国良和宋小东本就应该熟悉，都是混在城中公园的一伙，而这种关系正是他们所有人的关系。对于一些人来说，这种关系几乎可以消解世界上一切关系。混在一起，肯定比所谓同学关系更为平等，也更能被他们理解。

铅桶证实前两天宋小东的确打听过卖旧书的人，正好下雨，陈国良没出摊。宋小东找他的事和汤团的类似，可陈国良现在变得谨慎，他不想再白搭时间，或糊里糊涂欠下人情，又磨蹭了两天，被宋小东催得难以推托，才松口和他一起去看看。

宋小东留意到周山浜旅馆前台的几架连环画。那种专门用来摆连环画书摊的薄板书架，仅一指深，拉根绳固定书本，展示封面。看得出老板娘张金萍并不在意，拖完地的拖把斜倚书架，任脏水滴答封面。张金萍说连环画是住客老安庆留下的，放这里都两三年了。她身兼老板娘、服务员、前台、清洁工数职，根本没空管这些连环画，中间到底被住客顺走了多少，她也搞不清楚。宋小东目测有三百本左右，提议由他找个人收了，换到钱两个人平分，张金萍自然答应。

陈国良需要盘算清楚，毕竟才领教过汤团的热情。他先泼宋小东冷水："连环画收藏最讲究品相，像这种用来摆租书摊的，品相最差，不值几个钱。"宋小东也不急："你看了再给结论。"

旅馆大堂，老式排窗光照不好，吊一盏昏灯照明。几架连环画旁竖着一大丛垂头丧气的卡通气球，一只猪头气没漏完，脸顶天花板旋转。一个烫大波浪的窄脸妇女，五十朝上，化浓妆，侧靠长桌嗑瓜子，抬抬鼻子，算是对他们打招呼。

宋小东递支烟给她："上次说的事，人我帮你找到了。"

张金萍作势推开地接过烟："今天抽多了，嗓子疼。我什么时候要你找人的？"

类似的对话陈国良熟悉，两周前的一天集中遇到了几次。他眉头紧皱：汤团为了一顿饭，宋小东为了什么？为了增进同学友谊，方便以后借钱吗？

"怎么回事？你自己说要处理这批垃圾的，三五天前说的，怎么就老年痴呆了？"宋小东丝毫不客气。

张金萍完全掉过头来，长视宋小东后，咯咯痴笑，拍拍额头，说："这个小伙子是你带过来收书的吧？抱歉抱歉。"

她掀开搁板，热情地招呼他们进去，又从哪里找来块布头，抽几本书，笼统地掸了掸灰，甩到他们面前，桌上很快垒起一堆。十几本《三国演义》，陈国良翻到封底，一九五八年三印的，还有《锻炼》《魔杖》《西厢记》《牧猪人》《晴雯》《昆虫世界》《猎人村》……品相差，封面封底破损，脱线，不过都是老连环画。交易过程就五分钟。总共两百六十三本，张金萍开价一块一本，书架白送，陈国良假装嫌贵，讨价还价几句，最后经宋小东斡旋，一百块成交。

书塞满两个购物袋，宋小东将购物袋系牢车龙头，拍拍陈国良的背，有点合作愉快的意思。陈国良掏出十块钱，坦白告诉他，自己是新手，这批书并不清楚能挣多少，先给点心意，等明天出掉后再一起吃饭。宋小东没跟他客气。陈国良为之前的猜疑心生歉意，又说："我们隔壁饭店的停车场还在招保安，你得空去看看。"宋小东想起什么，说："明天不要你请我，我来请你。"声音很响，是不容反驳的态度。

旅馆收书仅隔一周，宋小东跟城中公园教退休大妈跳舞的甲鱼攀谈，听他讲，他朋友开司米蚂蚁搬家一样从上班的印刷厂往家里搬回几百本武侠书。"一个七九式单间，他老婆嫌书占地方，天天吵架。"

陈国良拎了一袋苹果和甲鱼、宋小东同去。几排筒子楼摊开在秋夜深处。不知哪一户人家，惊天动地"哧啦"一声，菜入油锅，吓了陈国良一跳。甲鱼敲门，讲清楚来意，开司米老婆一边骂开司米，一边赶紧让坐倒水。

开司米家的书挨墙堆，紧靠煤气灶，更多的堆在碗橱顶、电视柜顶和五斗橱顶，到处摇摇欲坠。大概是怪甲鱼多管闲事，开司米自顾自沉脸抽烟，也没管他们。

甲鱼说："这么多书，你准备堆在家里生虫子，还是生炉子？"

"我做主，你们全部拿走，家里一本都不留。"开司米老婆拍桌而起。

气氛有点尴尬，陈国良不知怎么接话，看看宋小东。宋小东咳嗽两声，问开司米在哪里上班。

"大王基印刷厂。"

"印刷行当我朋友不少，眼眼、卫东、塔哥、梅干，最近厂效益不好，他们几个都出来自己做了。"

"我听说过梅干。有本事的人，谁高兴待在厂里？出来做要有本钱。"

"回头我介绍你们认识，反正都是朋友，你们又是一个行当的，说不定可以合作。"宋小东朗声一笑，递烟给开司米。

"我手里有。"开司米把烟挡开。他半责怪地对老婆说："你急个屁，这些书我早晚会卖的，不然我弄回家干吗？放两年多卖几个钱不好吗？你们开个价吧。"

陈国良遇到了新情况，几百本书多为重复。他粗略算算，差不多三十套金庸的《魔刀风情》、五十套金庸的《东方第一魔》、三十套古龙的《疯僧狂娃》、四十套卧龙生的《血刀震九州》……这些假书别说在江大、师范门口卖不出去，拿到城中公园同样没人要，转批南禅寺是唯一出处。陈国良开价八角一本。

开司米不同意，一定要按标价四块卖："你以为我不知道，这些书很俏的，《魔刀风情》卖到三十块钱一套了，上海人都跑到我们厂里批发，以后还会涨。"

陈国良吃惊他一本正经地信口开河，张嘴愣住。宋小东说："现在大家都下岗呢，找工作都来不及，谁还会看书？到明年当废纸都卖不出去。"开司米只咬定这些书紧俏，翻来覆去说上海人、深圳人都跑到他们厂里批发。双方僵持不下。开司米老婆拍板："一块五一本，总共五百七十本，八百五十五，要就要，不要就滚！"

第二天晚上，陈国良雇三轮车拖书。踩三轮的管运不管搬，他请宋小东、铅桶和甲鱼帮忙，开司米夫妇也搭了把手。楼道无灯，涌动香烛元宝的气味，不知哪户人家在祭拜。他们捧着书从三楼探到底楼，行至路灯灰光下，仿佛从地底升出，陈国良竟心生重见天日的庆幸。他看着他们一次次重见天日，有条不紊地往三轮车上摆书垒书，身影安静。宋小东和开司米老婆细语低声，不时传出轻笑，像真的在做一件和知识、文化之类有关系的事。他们笑一阵，陈国良就瞥一眼开司米，还好，开司米偶尔也会插两句，有种同学间共同讨论的意味。

书暂存到周山浜旅馆过道。张金萍之前答应过宋小东，但此刻吃惊书多，阴阳怪气起来。宋小东凑到她跟前，一惊一乍，总算把她逗开心。

这批书陈国良得慢慢出手，每套两本，卖五块钱肯定没问题。他先付给宋小东三十块、铅桶十块，张金萍和甲鱼各一包红南京。

收书的生意，宋小东介绍一桩成一桩。开司米之后，他又介绍了两个人，一个家藏百把本落灰的旧杂志，另一个出让全套中华初版《全唐诗》《太平广记》。不知道宋小东是如何交涉的，杂志谈到两毛一本，那两套书则近原价收来。陈国良转手就在江大门口溢价卖掉，分给宋小东五十。

宋小东透露还在谈一个大厂的图书室，是他父亲以前徒弟的关系。厂区设备已经卖掉，留些杂物待处理。书当然算杂物。上万册，早就做完折旧，现在等于废纸。他父亲的徒弟负责厂区到拍卖前的过渡管理。宋小东找他谈过一次，还没谈拢。陈国良想了解得更具体一些，比如他父亲和徒弟目前的关系如何，别人凭什么卖他面子，厂名、价格、书的种类和品相……宋小东表示还在谈，等定好后再说。他知道陈国良心急，说："你一直把汤团骗你挂在嘴上，我现在说了，万一不成，我不也成汤团了？"陈国良被他说得尴尬，来回就一句："这怎么会一样呢？"便不好意思再问。

收书之外，有时，陈国良去南禅寺出书，宋小东也帮他在城中公园守摊。一次，陈国良从南禅寺兜售回来，近傍晚，开始降温了，淡灰天光遍布公园，摊前围聚三五人，宋小东人却不在。他观前望后，假山、花坛和凉亭，更远点的露天舞池，都看不到宋小东人影。陈国良问捧着书瞌睡的汤团，他迷糊地看了一圈，说："宋小东刚才还在的啊。"背后谁说了句："可能去厕所了。"陈国良悻悻然骂两句脏话："他妈的，掉厕所也该爬出来了。"铅桶凑到他跟前，劝道："你别发火，说不定他帮你收书去了。"汤团也用和事佬的口气劝他："肯定有什么事才走的。让野种在这里等，我们先到地下美食广场弄两个小菜，边吃边等。"陈国良几脚踢开塑料布上的落叶，低头理书。众人干等了会儿，见他还不说话，汤团手搭他肩："怎么说？"被陈国良一把推掉："什么时候你他妈请我一次？"他们这才发现陈国良真的在生气，嘀咕几句，先后走开。还有半小时闭园，闲人们三五成群往大门直行，哗啦哗啦踩响满地脆黄。汤团他们一走，给陈国良带来一种错觉：认识的人，不认识的人，都在离自己而去。他弯腰收拾蛇皮袋，凉风吹腰，后背至颈一阵哆嗦。

他抬头正好望到宋小东，没等他骂，宋小东隔开几米远就拱手弯腰："你别生气，先听我说。"他身后是假山、花坛和凉亭，处处落叶翻飞，陈国良像看舞台剧，分不清他是当真道歉还是拿自己开玩笑。陈国良抬起麻袋，说："你先别演戏，快帮我拉下袋子。"蛇皮袋装满了书，起码百八十斤，两人各拽一角，"唰唰"拖地而行。

宋小东解释，下午两个下线的下线找到城中公园，摊位处视野宽广，他体内自带雷达，时时扫描周围，警报响起之时，他已远遁。"不过，我年前去广州的计划只能提前了。试最后一次，逮不到那家伙的话，回来该吃官司吃官司、该赔钱赔钱，做个了断。"他语气坚决，给出的"旷工"理由无可挑剔。

"你至少应该跟铅桶他们说一声，对吧？万一城管来了，谁来收书摊，这些书怎么办？"

宋小东继续解释："当时我来不及关照啊。万一照到面，那两个家伙手脚重，我又要吃一顿生活。"

蛇皮袋撂到自行车后座，宋小东稳住车龙头，两人一推一扶地向前。

"对了，我老头子徒弟的那个厂是湖光棉纺厂，你知道的吧？四十年老厂，不包括杂志，书大概就有一万五千本。那家伙一口价七千。我昨天去看过，书还行，原想谈谈价格再和你定，问题是这批书还有其他人盯着，对方也在这两天谈。我建议你明天上午就去，带好钱，不行，我们拍拍屁股就走；行呢，直接拖走，省得夜长梦多。张金萍那里我也说好了，可以当临时仓库。不过，这次先说好，利润我要分四成。平时无所谓，这次我要出门，没钱寸步难行，你就当支持我一把，没问题吧？"

陈国良当然知道湖光棉纺厂，教育局指定的校服生产单位。他的抱怨情绪变淡了，继而无所谓了，好像是隔了很久的事。两人走在人民路上，路人脸面模糊不清。经过路灯，两人身影画出等号，指向对面招牌刺眼的电信大楼，走几步，又指向隔壁的交通银行。

见陈国良久久不作声，宋小东又说："你要是觉得不划算，我三成也可以，行不行？"

"就这样，我们是同学，最近你又帮我介绍生意，只要我确定收，利润给你四成。"

他们吃好早饭出发。野种踩一辆三轮车，铅桶踩一辆三轮车，陈国良骑一辆自行车，宋小东也骑一辆自行车，挎一个油腻的军布包，车后座上是汤团，一行人咣当咣当，阵势浩大。出城后，沿太湖公路骑了四十分钟，一路起伏着波光粼粼，沙鸥像一些飘远的白纸。八九点钟，蓝天仿佛童年的天空，什么都没有，只要盯着看，又什么都有。

他们骑过湖光新村，随宋小东指点，拐进湖棉路。四柱三间牌楼大门，漆水皱裂，水泥柱上标语剥落殆尽，俯仰间，仍有凛然高拔之势。六米高的照壁刷有

"尚德、务实、和谐、奋进"八个大字，风雨把字涮成灰红色。他们沿厂区通道进去。大门右边，近三十米长的自行车棚，棚顶筛进淡绿光线，掠过班组牌，在棚内晃动着树林的迷蒙。宣传长廊玻璃七零八落，贴的各类报纸、通知、文件、表彰布告、电影海报，大多淋烂、晒卷，几张放大的会议照片，人脸位置，依序一个又一个烧焦的黑洞，明显是拿烟头烫的。花坛里菊花疯长，杂草漫开。扑克牌碎片撒满石阶。水景池里一只死猫。流光游过墙体、香樟和消防栓，让这个荒凉充满生机。从门口骑到这里，陈国良觉得漏掉了什么，他问宋小东："怎么没看到门卫室？"宋小东哂笑两声："你觉得还有必要看门吗？那座牌楼拆回家，还是那些树挖回去？送给你，你要不要？值班室在办公楼那里。"

骑过十几排锯齿顶车间，前面是礼堂、篮球场、三层楼的卫生站和一座六层办公楼。水泥铺地，灌木丛分区。卫生站门口坐落着滑滑梯、卡通摇椅，估计兼过托儿所。四座卡通摇椅座垫被拆，弹簧朝天直挺。陈国良没来过这里，可他无比熟悉，这厂区规划和永泰毛纺厂，还有妈妈工作的南长纺织品印花厂类似，区别在于规模。礼堂后面能看到食堂、浴室、招待所等配套建筑。他们在办公楼前停下，一楼办公间的门窗全没了，每个门洞里都堆着建筑垃圾，其余楼层各

23

余一两间锁着，窗户完整。

陈国良问："你爸爸的徒弟在哪里等？"

宋小东往几个门洞里探头探脑，满脸惊愕："奇怪，碰到鬼了，上个星期明明在这里。"他指着 104 室。随后，他深一脚浅一脚在残桌破椅中转了一圈，不相信似的，又转了一圈，好像这样走走，满室废墟就能够复原。他对陈国良解释："我昨天晚上还拷他呼机定时间的，真是见了鬼了。"

"图书室在几楼？"

"就在五楼。问题是我们要先找到他拿钥匙。我想起来了，"宋小东指向那排厂房，"机修车间还有个值班室，他有时会在那里补觉。"

铅桶看出陈国良的不满，他锁好三轮，催促宋小东："我们总不能在这里干等，你带我们去机修车间。"

汤团自言自语："哪里有自来水？晒得我头昏，早知道带瓶水了。"

等陈国良锁好车，一行人往车间方向去。天空几声鸟叫，声音被空旷的寂静放大，听上去像人在叫，脚步声也像一大群人的脚步声。

宋小东左顾右盼，眯眼辨认墙体铭牌。陈国良本就将信将疑，被他的举动弄得更加烦躁："你爸那个徒弟叫什么名字？"

"说老实话，名字我还真不知道，我们都喊他毛脚蟹。"

陈国良对着天空大声喊："毛脚蟹，毛脚蟹！"

宋小东也跟着喊："毛脚蟹，毛脚蟹！"

对毛脚蟹的召唤从四面八方响起。吴语"蟹"读"哈"，野种嗓门最为凄惨，余音拉得长，听着像喊救命。汤团省去了"蟹"，轻声轻气喊"毛脚"，有亲切，有导诱，如喊"小兔乖乖"。毛脚蟹迟迟没出来。几个车间门前秋草萋萋，如一幅静物画，只有平面，拥有拒绝人们深入的安静。

他们边喊边走，过了两个车间，汤团眼尖："这不就是机修车间？"他看向宋小东求证："是这里吧？"他们几人正站在这个车间的阴影中。宋小东点点头，大步往里去。陈国良打量半垮的木门、污黑雨篷和红墙，找不到他们确定的依据。他跟着他们走入。车间空空荡荡，如一座人与物完全消失的候车大厅，光从天窗斜射，与地面阴影构成三角，一排整齐的立体光柱边缘，尘土也在发光。

汤团止步不前，问："到底是不是这里？"

铅桶拍拍宋小东肩："你确认一下，是这里吧？"

"你们别催我，让我再想想。"宋小东一个人走向车间深处，二十米开外停下，垂头背手，站在那里不动。

"一目了然的地方，多走二十米能看出不同来？

能看到我们看不到的东西？"陈国良被他弄得莫名其妙，想嘲笑他两句，回头留意到铅桶、汤团、野种都在凝视宋小东，然后又同时从三个方向看他，却不是惯常的表情，有一种被夺了舍的怪异。

陈国良招招手，吩咐野种："发什么呆？去把他喊过来！哪有这么做事的？"

每呼必应的野种，此刻却原地不动，也不回话，只木然地望望他。宋小东慢慢蹲下，单手托腮，头深埋膝前，再扶腰站起，又不堪负重般蹲下。那只包就吊在他胸口。

"妈的，做广播体操吗？"

宋小东连续轻拍额头，这是广播体操里没有的动作。做这些动作时，他始终背向大家。

铅桶再次提醒宋小东："到底怎么说？别作怪！是不是这里？我们都在等你决定！"

陈国良没忍住恼火，转向铅桶吼道："狗屁不通！这里是不是机修车间，要由宋小东来决定？"

宋小东没有转身，他不拍脑袋了，而是以手为笔，在地面画了几个字，闷闷地回道："再等等，我都不急，你们急个屁。"

铅桶跑去蹲在他身边，交头接耳几句。宋小东始终摇头。摇了一阵他站起来，伸了个懒腰，转身宣布："算了算了，我估计被毛脚蟹玩了，他根本不在这里，我们别再等了，早点回吧！"说完，宋小东甩开铅桶拽他衣襟的手，径直朝大门走，目光凌空蹈虚，经过陈国良，脚步没停，没一句解释，甚至面带讥笑。

陈国良抬手扫开被宋小东带起的浮灰，吐出口水："什么图书室、一万多本书，还毛脚蟹，都是假的吧！你他妈的把我们哄过来跑这一圈，陪你秋游！"

宋小东只当没听见。铅桶仍不死心，追过来问："真的不是这里？"

野种瞥眼陈国良，眼神极为淡漠，仿佛是个历史人物，隔着无尽的岁月长河看他。

他们又回到办公楼前。陈国良深呼吸几下，骂道："你们他妈的今天都吃错药了，脑子进水了，一帮鸟人！"

他们平日嘴不饶人，现在却任他发火，事先商量好般都不予理会。汤团往宋小东后座一跳，吹声口哨，铅桶按出一串铃响。

"妈的，你们等等我！"陈国良也去推车。

宋小东骑出一段路才刹车，对铅桶他们使个眼色，大家就停在树影里等陈国良。等他汇入，几人谁也不说话，不声不响地出厂。阳光指着他们的后脑勺。他们咣当咣当地穿过棉纺路，骑上湖畔公路。快到市区，汽车、高楼、商场、学校、银行多起来，汤团和野种也恢复说话。陈国良几次回头看宋小东，目光触到了，

27

宋小东就对他笑笑。

陈国良去周山浜旅馆找过宋小东。张金萍像看到了老朋友，拉住他倒苦水："我相信他，谁会想到他翻我皮夹子？你碰到帮我问一声，钱我不要了，那条项链能不能还回来？"

他有半个月没在城中公园摆摊了，天气转冷是一个原因。棉纺厂书没收到，却被铅桶紧盯着付了全部的劳务费和租三轮车的钱，心里憋屈是另一个原因。

轮值日班，他与同事们去城中公园前门的面馆吃午饭，遇到汤团和野种。汤团高擎小喇叭，蹲在美罗百货门口卖信息锅。野种帮他一起吆喝："三高、心脏病、痛风，一戴就好。"美罗的保安出来轰他们，陈国良穿着工作服，以同道身份沟通，对方并不理会，说最多给五分钟。一大堆锅，来不及寒暄，汤团、野种赶紧理东西，陈国良帮忙一起装盒。

"我那个同学后来碰到没？"

"什么同学？"

"就是宋小东。"

"他啊，半个月没见着了。"

美罗的保安虎视眈眈，拿对讲机喊人，又卷袖口。汤团握握陈国良的手，说："今天没空，下次你请我们到美食广场吃饭，见面细说。"

反正陈国良请客，汤团选定美食广场新开的湘妹子。两个人，点了油渣青菜、糖醋猪肝、红椒鱼头和冬瓜排骨汤。菜端上来，汤团眼前一亮，夹了块鱼到碗里，说："我馋这个鱼头很久了。"

闷吃了会儿，他问陈国良："你找宋小东，是不是想喊人搞他？我劝你别找了。"

此话突兀，陈国良头大："我不懂你的话。我为什么要搞他？"

"那不好意思，是我多嘴，我以为你知道情况了。"

"你把话说说清楚。"

汤团舀半碗汤，两勺排骨捞进碗里，长舒口气，眯眼研究陈国良，说："咱们是朋友吧？"

"当然。"

"那我不瞒你，但你嘴要紧，别让其他人知道。"

陈国良学电视里的证人举手，说："我肯定嘴紧。"

"你知道你运气多好吗？棉纺厂那天，本来是要弄死你的，宋小东出的主意。那个厂偏，把你弄死，找地方直接埋，他和野种动手，他包里有两把刮刀、一把榔头，铅桶和我配合堵门，不让你逃出去就可以。你个子不高，铅桶以前在联防队干过，我们两人拦住你没问题。我们的任务就是拦住你。"

"什么乱七八糟的，你正常点好不好。"陈国良拿筷子指指鱼头，"你怎么喜欢吃这个？太不划算，又没什么肉。"汤团饶有兴致地注视他。陈国良夹筷青菜，嚼起来，问："真的假的？"

"你猜？"汤团咧嘴一笑，满口碎肉，掉下几星，他粘了放嘴里。他猜过陈国良会错愕、会惊怒，没想到他挺淡定，更有可能是没反应过来。

陈国良环顾左右，好像身后有人围观他们推心置腹。美食广场生意不错，十几个档口满座，来得晚的同事，端盘子找位子，一阵阵汤汽油烟里，遇到熟悉的打打招呼。他迟钝地嚼两嘴，口齿不清地说："你们弄死我有什么好处？谋财害命，还得有财，我当时身边总共七千块，就为这么点，你们怎么分？摊条人命，不划算啊。"

"不是七千，是七百万。"

陈国良完全摸不着头脑："哪里来的七百万？"

"宋小东计划好的，他拿这七千投一个蚁黄金项目，最快两年可到七百万。他算我们股份，我有百分之十二，如果成功的话，那是八十万。"

"你数字都算不对，百分之十二，是八十四万。你们真的为这七百万弄死我？问题是这个钱不存在的啊。"

"万一成功呢？"汤团兀自得意，"我们埋的地方都找好了，宋小东踩的点，厂后面山上。"

"妈的，你们为什么不把我扔湖里去？那不是更方便？"

"对对，"汤团所见略同地应和，"你猜对了，铅桶说扔湖里更好，省得挖，是宋小东说鱼要咬绳的，容易氽出来，最好斩碎了喂鱼，但太费手脚，算了。"汤团啃完最后一根排骨，稍显局促地指指汤碗，"都是我一个人吃。汤不错，你弄一碗。"

满桌残菜，陈国良没什么胃口，但他还是听汤团的，稳稳盛了碗汤，手臂使力端放桌上。"我问个问题啊，"他尽力让声音正常，"他为什么不动手呢？"

"宋小东这个十三点，嘴上凶，临到动手又不敢，那就算了。"

陈国良脑袋里闪回棉纺厂他们几人的异样。汤团又说："事先说好的，他定下手地方，喊你过去。车间里铅桶提醒他几次了，他只当没听见，自说自话做广播体操。他不先动手，我们也不好动手。你真的运气好。你知道他为什么改主意吗？"

"为什么？"

"他说他有点不好意思。哈，不好意思！他一念之间，你就没事了，现在还活泼鲜跳。按照报纸上的说法，你这叫什么来着？……幸运者！对，幸存者！这件事你自己心里有数就行。所以，你说宋小东以后还敢出现吗？他要面子，我们无所谓，反正又没真的发生。"

一只苍蝇停落在只剩骨架的鱼头上，眼珠没了的鱼头朝向陈国良。

他结了账，送汤团出美食广场。节日马上要来了，卖场正张灯结彩。陈国良站在超市门口，目光呆滞，那句"有点不好意思"笼罩住他，鼻子一酸，他差点哭出来。

运河铁人

石桥插入古运河，和桥洞的影子形成一个圆形，远看如一面铜镜。只要有一点点风，镜中的事物就飘荡起来。

桥头立有省级文物保护单位的水泥碑。十几层青石板向下，通向明亮的河面，低处的石板积满厚厚的青苔，河水把泡沫和绿藻推过来。桥头灯柱前，沾满煤屑的花猫耐心地拨弄着蚂蚱。猫爪总在蚂蚱快要挣脱时又轻轻将它按住，两叶灰绿的翅膀先后脱落。边上是几片焦黄的笋壳，一只死麻雀。老虎灶升起的水烟在灰墙黑瓦间飘摇，逐渐消散，玻璃质地的蓝天变得朦胧。

几个老头坐在桥头，听一个头特别大的鹤颈小伙子细细分析克林顿的一生。他应该有一米八，面对老人们，他努力弯下腰说话，弯腰的幅度接近桥拱的程度。含糊的话语荡在半空，不时咳嗽，类似有线广播喇叭受了潮后发出的破音。

街的另一侧，两个人慢推自行车走来，披了满身树影迷彩。他们说着话，在河埠头停下。愁容满面的中年人解开自行车后架捆扎的铁链条，他背驼得深沉，身体前躬。他从后架掰下一块银色的饼状物，碗口大小，午后的阳光旋转其上，绽放出圈圈斑斓。它背后有耳，穿了条麻绳，绳缠成一捆。他提吊手中，像出阵的将领悬提沉甸甸的流星锤，精气神为之一振，步步生风地往下走。他站在几乎与河面并排的石板上，调整好角度，抢直手臂，猛地把那个东西扔进河中。河面不宽，"咚"的一声，砸出脸盆大的水坑，清凉的水花飞溅到他们脸上，水面带着光影阵阵晃动，荡漾了半分钟。中年人蹲下，鞋底踩住绳子，钓鱼般耐心地盯住河面。

青年从车篓里拿出蛇皮袋，问："要等多长时间？"中年人看看手表，才发现表停了，他凭感觉调了下时针，又调了下分针，调到自己估摸的时间，说："不要心急，几分钟总是要的。"

河风被光晒过，暖暖地蓬松起来，让人心生被万物拥抱的懒怠。青年嗅到了印花厂染料的酸味，还有霉陈的水腥气。桥洞黝黑，水光在洞壁上跳来跳去。刚才的动静惊动了附近的人，有两个老头已经下桥，脚步急促，跌跌撞撞。青年听到谁在喊自己名字，回头看，面店的小宋和浴室的长根正朝他挥手。几个老头跟在他们后面，另有几人正从街的不同方位向桥靠近。一个穿蓝白校服的小学生跑得最快，他是青年的堂弟张强，上五年级。周五下午学校只有一节课，他刚出校门，远远看到了站在河边的堂哥。一个老头拉着辆二轮板车，车上摆满了粉红塑料绳扎牢的一叠叠旧书、旧杂志和旧报纸，车身浮动旧物特有的氤氲。老头松开板车，双手叉腰，以半命令的口气问道："建国，你跟你爸爸在这里搞什么呢？"

建国被人群围观，觉得难为情，没有马上回应老头，他看看父亲，像是把这个问题传递了过去。中年人对这个老头点头示意，吃力地站起，脚分八字立稳，往回抽拉绳子。他两手快速交替后拽，很快将那东西拉近，单手提出水面。它原本光滑的表面擦到几团河泥，胡乱扯开水草碎茎后，面上还贴了些钢丝球、钉子、铁片、螺帽、铁皮文具盒、把手烂掉的菜刀。建国打开蛇皮袋，父亲将这些残破的金属一样样扯下来，随手扔进袋子。

小宋问长根："你知道老张手里的是什么吗？"

长根说："吸铁石。"

小宋对长根的回答极为不屑："我就知道你要说吸铁石。没那么简单，这可不是普通的吸铁石，这叫强力磁铁。"他又提醒老张："你弄这个要当心点的，国家有政策规定，不能乱弄的。"

老张眉头挑起，反感小宋装神弄鬼，他"噗"一声往天上吐了口痰，接着冲小宋嚷道："我当心什么？我在河里吸点废铁，难道派出所还派人抓我，让我吃官司吗？再严打也打不到捡废品的吧？"

张强一步一跳来到建国面前。石阶上落满了油黑的河泥，他不嫌腥臭，低头研究那块强力磁铁，来回抚摸。建国吓唬他："你别去碰，这东西对人体有害，会把你身体里的铁元素全都吸出来，到时你的血失去黏性，以后弄出伤口，流血止不住，要死人的。"张强受惊缩手，就像是被这块磁铁给咬了一口。他抬手查看指肚是否有出血点，又伸进河里搓搓，心有余悸地说："没想到这东西还是个法宝啊！"建国咧了咧嘴："你帮我拎袋子。"张强接过蛇皮袋，掂几下分量，废铁哗啦哗啦响。这声音在河边摇晃的光线中充满了诱惑。

沿南长街，一行人挂了满身浅灰深黑的叶影，向下一个河埠头走去。叶影断续，他们就像是树木的一部分正在向前延伸。5路公交车驶来，低垂的梧桐树枝刷过车顶，几张疲惫的脸贴上窗户，来不及弄明白河边这群人在做什么，他们的好奇就被公交车呪啷呪啷运走了。老张推了自行车走在前面，麻绳裹实那块强力磁铁，如一只蒲团，稳稳盘踞后架。建国单手把住龙头，张强负责蛇皮袋。建国让他把袋子放到车后架上，他不愿意，情愿提着，好像光提着就能获得不少乐趣。老头拉着板车跟在后面，小宋、长根随同左右，另外还有几个人，阿大也混在里头。

刚刚被老张针对了一下，小宋想要缓和缓和气氛，他跟上老张的脚步，隆重地再次提醒："老张，我不跟你开玩笑，这个东西不当心要弄出大事来的。"

老张没再理会，阿大却沉不住气了："什么大事？你倒是说说清楚呢，别吊人胃口。"

小宋还没来得及回嘴，长根记起小宋先前对自己的不屑，他提醒大家："同志们，注意点啊，小宋又要开始吹牛了。"

这句话像根棍子，打中了小宋表达欲的七寸，他耻与为伍般摇摇头："你们这些人啊，已经没有接受新知识的能力了，算了算了，我不说了。"

拉板车的老头跟不上老张他们的脚步，停下喘气，对小宋说："你讲你的，他们不要听，我听！你替我拉拉，我拉不动了。"

小宋和他换过手，左右看看，注意到大家的确都安静了，他设计好悬念，控制住语速，缓慢地说："我原先上班那个北塘开关厂有个门卫，叫王伟，外号'烂铅桶'。这个烂铅桶呢，身高一米五五，最喜欢洗头……"

37

他们来到大公桥这边的河埠头。老张停好自行车，取出强力磁铁，稳稳走下石阶。几个人跟随下去，包括大公桥烟酒店门口下象棋的三五个人。压缩机厂门市部一个剃了平头、穿宽大洋灰色双排扣西装的销售员被他们吸引，他有所迟疑，走到街心，止步不前，但没有多停顿，而是慢慢靠近，随即被熟人认出，喊他"张狗"，张狗从裤袋里摸索出烟递上。蹲在河边捶洗衣服的扁嘴老太，不经意抬头，陡然发现身边围了这么多人。

在所有人的注目中，老张再次将强力磁铁扔进河里。这次的水花有点羞涩，就一只汤碗那么大。一大群人等着他拉出成果。对岸是大窑路，一个赤膊壮男蹲在河边刷痰盂，单调的声音循环往复，有种奇特的安定感，就好像已经刷了几十年，还会继续刷几十年一样。压缩机厂门口，十几棵泡桐在半空开满如梦似幻的华美紫烟，如一床好看的大被子，让人想钻进去睡觉。远处传来隐约的桩机打夯声，类似一头沉闷的大象走过平原的脚步，这附近没有工地，应该是更远处的响动被寂静拉近了。

拉板车的老头双臂抱胸，河风拨散他额前的白发，他想到什么，又背手望河，头渐昂起，朗声提醒老张：

"差不多了，可以拉绳了。"

老张提绳子，"咦"了一声。

建国问他："弄到有分量的东西了？"

老张摇头："比刚才重点，但也没什么分量。"

两个长满青藻的车圈夹紧强力磁铁，被拖出了水面。众人围上来，仔细察究，辨认出几只午餐肉罐头盒、几十团乱糟糟的钢丝球，令人意外的是，还有一口完整的平底锅，拿回家洗洗还可以用。

"大家让让，让让。"张强提着蛇皮袋挤到前面。

老张从磁铁块上扯下新一批成果，扔进袋子。车圈把袋子周边撑鼓，中间下塌。张强把它拖到路边，叮叮当当。

老头左右看看，对老张招招手，等老张走近，他矮下身分析："你脑子坏了，这样没有策略地乱捞，绝对不行的，捞不到大件头。你不能在这段河浜里捞，你要到化肥桥和钢铁桥去。你想想那河两头都是什么厂，风机厂、柴油机厂、橡胶三厂、红星电缆厂，还有钢铁厂，河里面的东西肯定多啊。"

老张点头沉思，没有回应。其他几个凑近聆听的，却是茅塞顿开的眼神。片刻，老张递了支烟给老头，说："李司令，你分析得有道理，咱们到钢铁桥那边去。"

建国为难地看着车后架上的蛇皮袋，说："我自行车没办法骑啊。"

"才几步路的懒，就别偷了，走过去也就十几分钟，骑什么车！"老张踢开脚撑，推车向前。他没拉拉链，河面过来的风把他的深灰涤纶两用衫吹得飘起，露出里面的开司米背心，同时吹皱他半开的前门襟。

季风拂拭众人，发生些许不同以往的变化：他们沿这条街向前走，仿佛不是去河里打捞废铁，而是去深海打捞泰坦尼克号，每个人都显得意气风发。

小宋把板车拉到老头面前，说："李司令，我替你拉了有一会儿了，你自己拉吧。"

李司令拍拍他的肩："小伙子，你才多大？做点小事就叫得震天响。替我拉着，不会让你吃亏的。"说完自顾自背手而去。

小宋一时语塞，只好继续拉了板车跟上人群。他挤到建国身边，放开了声音说起来："去年烂铅桶也是用强力磁铁捞外快，在北塘河里吸到两发日本人留下的炮弹，烂铅桶以为是铜管，为了携带方便，拿榔头去砸。幸亏边上有当过兵的拉住他，才没弄到爆炸。后来，派出所的人来了，说要是这两发炮弹炸了，嘿嘿，五十米内，人统统死光。"这次，他的话成功吸引了大家的注意力，有几个人把视线移到他身上。

"不对喔，"长根怪声怪气地说，"我听到的版本怎么跟你说的版本不同？我听说烂铅桶吊出来架 F16 喔！"众人哄笑起来。

张强说："我吊出来一个小霸王学习机。"

阿大甩了把鼻涕，说："你也就只有这点出息，所以你成绩不好，考试垫底。要是我，我就要吊个林青霞出来，吊个张曼玉出来，再吊个李丽珍出来！"

大家开心地说起脏话，一个个接龙下去，每个人都从河里面吊出了自己内心所盼。老张的面容却并没有因此松弛，仍旧紧皱着，似乎在认真考虑自己想要吊的东西。

人群中冒出一个问题："李司令，你准备吊个什么出来啊？"

"李司令"三个字喊得很响，老头若有所思，眼神困惑了下，随即回过神来，说："我吊辆东风大卡车吧！你们吊你们的，我只要吊辆卡车就可以了！"

要是真可以选的话，我吊个什么东西上来呢？建国陷在数十个答案之中，从保险箱到李丽珍，从幸福摩托到爱华随身听，都别具诱惑，难以抉择。没有前兆，他头脑里闪现出四年级时一个画面，清晰如视：一具泡白泡胖的尸体，脑袋被削掉了四分之三，剩下的一角，远看也是白的，塑料模特的那种白；两个警察钩住肿胀尸体的短裤，缓缓往打捞船的方向拖；忽然有浪打过来，它擦过船舷的一部分拱升，警察怕被碰到，身体往后急退，打捞杆翘高……建国想，只要不吊具尸体出来就可以了，不过这河流了几千年了，万一真吊出几具白骨来，也不算什么。

上个月开始，每隔一天，下岗了半年的老张就带着建国，根据拟定的路线图，从梁溪河开始，再到八箭河、溪塘河、望宜河、庄前河，去吸捞河里的废铁。挣钱的灵感来自《故事会》上强力磁铁的广告。老张在无锡生活了四十六年，这是他第一次认真走这座城市，很多地方他以前都没走过。

老张站在那些河边，望着远湖中升起的缥缈青峰、吊臂纵横的港口、燕子穿刺的海蓝天空……这里有北方、有异国、有大洋彼岸，都是平时在家门口看不到的样子。吴桥下的航运码头，他和儿子坐在护栏上抽了半包烟。他二十岁到连云港插队，三百多知青，六条驳船，就是从这里出发的。水天不变，岸边那一排防撞轮胎飞溅白沫，远处车流过去，显得整个城市像在水中前进。

除了八箭河中吸出台立式电风扇、溪塘河中吸出两只铁壳音箱，其余的日子乏善可陈，有两天，他们甚至一无所获。红卫纺机厂后门的断头浜，他们遇到另外三个拎着强力磁铁转悠的人，眼神碰到了，彼此笑笑，分隔足够远的距离各自打捞，走的时候，互相打量,蛇皮袋和麻袋都是瘪的。他算算卖废铁的收入,一个月就搞了百把块,不做吧,强力磁铁的成本还没回来,有点可惜;做吧,投入那么多时间,也没捞到有分量的东西。

今天他懒得再去远地方了,索性就在家门口的古运河试试。老张并无太多期望,只琢磨着南门作为无锡的老工业区,河里沉的破铜烂铁应该要比其他地方多一些。李司令的话提醒了他,看来之前几次惨淡,主要原因还在选址失策。

化肥桥靠近南长街那边,有两座千人左右的中型厂,橡胶三厂去年破产,红星电缆厂刚刚转制。红星电缆厂门口停靠两辆解放卡车,装载的电缆圈盘高出车侧护栏,两个搬运工拉绑加固的铁丝,司机和保安蹲在车头前吹牛,等待三辆叉车排队卸下圈盘。橡胶三厂门口的水泥地长出丛丛杂草,冬青和石楠组合而成的心形灌木丛顶了几只塑料袋、饮料瓶,像绑了五颜六色发卷的脑袋。几个卖盗版碟的,鬼鬼祟祟推着自行车来回。一个老太卖打火机,纸盒上摆得井然有序,纸板上写着"打火机一块三个",字迹娟秀。

两家厂的职工共享橡胶二校。三厂破产,考虑孩子就学问题,二校由区教育局托管,继续保留,校名也不变。小学生们从校门口涌出来。大人们上班,他们要自己走回南长街附近的各个新村、弄堂。天气这么好，除了极少数听话的孩子赶回家做作业，其他的，有的跑进荒废的车间探险，有的结伴去大窑路的窑群，还有些会走得更远，到苗圃和立交桥。南长街口的群众电影院也常聚几帮学生，他们没钱买票，但也不离开，在这里追逐吵闹，保持和电影的亲近，似乎就保持着进去的可能。

现在，他们中的一群，三三两两，也黏在老张这群人后面，队伍自然变得更为紊乱。建国不时回头瞪他一眼，可他们并不在意他的嫌弃。几个孩子注意到板车上的旧书，过去乱翻，小宋并不积极制止，只嘴上说："你们不许乱拿啊，看看就放回原处。"他们把书抽出来，大声念着书名，《从鸦片战争到五四运动》《九阴九阳》《大气功师出山》……其中两个又去抽报纸，撕掉半张折纸飞机。李司令听到身后的动静，隔了人群冲孩子们吼："你们这帮小赤佬，当心吃生活！"他从人群绕过来，孩子们吓得四散跑开。李司令略有不满，对小宋说："你帮我忙，就要有帮忙的样子。弄得这么乱，等下我还要花时间收拾。"小宋正要发作，李司令递了支烟给他，笑笑："我今天腰不太好。这个人情我记住了，下次请你喝酒。你喜欢喝什么酒？"小宋接过烟，回："绿汤沟，分金亭，最好来瓶五粮液。"

水泥河埠头平整宽阔，石阶层次分明，像一座居高临下的小剧场。光线斜穿过泡桐，洒在树影斑驳的河面。

老张拎起强力磁铁，回头看看，说："你们站后面一些。"

十几个人和他并排，或站或蹲。建国身处其中，听水声悠悠，神思飘荡，似乎化身旅客，等候迟迟不到的轮船，脚下的蛇皮袋就像大号的旅行包，而身边的这些人正在给他送行。到哪里去呢？北京、上海，还是拉萨？建国想，到哪里去倒不重要，可要找一个出发的理由，挺难的。旅游？这两个字太高级了，不切自己生活的实际。出差？那就出差吧。纸飞机悠悠划过他头顶，滑向远处，坠入河水中间，浮浮沉沉漂在一串水葫芦旁。

咚！建国觉得这次磁铁的落水声比之前悠扬。

李司令背手挪到老张身后，指向河堤说："老张啊，你东西扔进去，等个几分钟，分量要是不重，人沿河稍微走动走动，这样才能吸得更多。"他站在后面的台阶上发话，身体高出半截，举手投足间，有发令的威严。

一个小孩硬从人群空隙挤下来，建国被他手肘顶到腰部，骂道："不要这么急，死了领不到劳保。"

"没劳保就没劳保，我去做个体户。"小孩不甘示弱。

一艘拖轮驶近，马达突突乱响，如巨犁划开水面，后面拖拉五条装满木材的驳船。船老大和船员侧身望向这群人，开过去之后，又注目许久。

老张慢慢拉绳，才拉两下，转头对李司令说："还是你眼光准，手上吃到分量了。"李司令颔首认可。

建国说："我和你一起拉。"

"你不要捣乱，我拉得动。"

一堆黑乎乎的东西拖过台阶，铁皮洋钉之类的磕回了河里。建国和张强蹲下装袋。电饭锅盖大小的铁轴，糊满了河泥，建国双手抠牢孔洞发力才扯下来。老张踩住绳，水底的腥臭飘起，阳光一暗。更多的脑袋凑过来，研究和探讨这些被沉进水底，如今重见天日的脏兮兮的废件，三角的，四角的，矩形的，更多不规则形状的，宛如敲碎的矿石，泛动古老的幽华。

长根不无羡慕地说："老张，你发财了，这堆起码百把斤，你要请客啊。"

"请个屁客！我在你那里洗澡，十年了，你也没请过我一次。这几个毛钱，补贴补贴家用都不够。"

这时，建国听到后面有人问："你们为什么喊这老头'司令'？他是部队的吗？"他回头看，是那个叫张狗的压缩机厂销售员。

人群里谁应了一句："看来你不是我们南长街的，

连李司令都不知道。"

销售员说："我到压缩机厂也有五年了，算半个街上人了吧？李司令退休前是哪个军分区的？"

人群里另有人回："军分区算什么！"

"难道他是干休所的老首长？"销售员的声音放低。

先前在清名桥上聆听克林顿情史的一个老头捣捣他，说："李司令跟部队没有关系，他是工人，吃过十年官司的。"

"那怎么喊他'司令'？"

"小伙子，你年纪太轻了，说了你也不懂。他以前是'主力军'的司令，无锡第一个贴大字报的，管几十家厂呢。"

"我年轻个屁，我都二十七岁了。你说的是什么'主力军'？野战部队还是地方军区的？你说具体，我倒要看看我怎么不懂。"

没人再接话。李司令也不回应。他指点长根、阿大和紧急凑过来的小宋，如数家珍："这是切件，这是车板，这是车龙头，这是车床尾架，这是风机的叶轮……你们知道这些废铁是从哪里来的吗？前头钢铁厂的废料场。运废料的船堆太满滑下来的，抓斗车漏掉的，还有工人吃饱没事干往河里扔了听响声的。"

张强举起根铁管，问："这是什么？"这根铁管

47

近一米长，明显打磨过，端口呈锐三角，绑了圈铜丝当作把手，中间烙着一个"忠"字。

"给我！"李司令一把夺过来，戳进袋子。他沉着脸叮嘱建国："搬的时候小心点，别豁到手。"

不仅张强没反应过来，建国也被他瞬间的气势所慑，极为服从地点点头。

野河滩边，隔堵红砖墙，可以看到正在拆迁的前进冶炼厂。冶炼厂再往前是钢铁厂，两架暗红的龙门吊坐落淡黄阳光下，像两把大秤，一头拎着厂房，另一头拎着河水，保持视觉上的平衡。河滩坡面呈梯形，布满了拆迁垃圾，几只瘦小的黑猫在残破的办公桌里钻进钻出，碎砖烂瓦，断掉的拖把，大堆的烂菜叶，千疮百孔的棕绷床，一蓬蓬蠓虫无声游离，如张开的渔网迎面扑来。

老张小心踩到河边，李司令也蹒跚往下。老张说："你这把年纪了，别往下走了，看个热闹跌一跤多不划算。"李司令说："没事没事。"老张看向建国，说："你去搭个手。"建国就过去架住李司令的胳膊。

建国张望前后，以父亲和自己为圆心，上百人参差不齐地散布在这片河滩，夕光落在每个人身上，风拂水面，荡起几层波纹。

磁铁落入水中，老张点了支烟。周围同时有几十场对话，声音如从水中传来，他听不清楚他们说什么，捕捉到个别含糊的词语，也不知道什么意思。他盘算着，九点还要出去跟夜车，拉完这把无论如何要回去补觉了。

他问儿子："你军训也结束了，分配在第一百货新店的哪个柜台定了没有？"

建国说："我在第三批，还没定，效益好的女装部、男装部、家电部人都满了，第三批听说放在儿童世界。"

老张没听明白，又问："什么儿童世界？"

建国认为父亲没必要知道得太详细，这很没意思，解释来解释去，总归是营业员，总归是卖东西的。他回道："卖小孩东西的。"

老张想了解儿童世界奖金高还是家电部奖金高，发现儿子装模作样望向他处，明白他不想谈这个话题，正迟疑要不要追问时，脚下绳子突然拉紧，河底就像是潜伏了手，猛抽一记，鞋底一抖，他差点滑倒。他猛地踩住绳，指挥建国："吸到东西了，你拎牢。"建国把绳拉住，但他其实使不上力，重量还是吃在前面老张手中。更多人凑到滩前。老张拉得极慢，如困于井底的人，小心谨慎地拉住绳子攀援，每一下都在考虑脚步的起放。随着手臂的牵引，拽过来的绳子不断滑过建国掌心，堆落他们脚旁，悬吊河面的绳段越来越短。李司令担心他们气力不够，也过来握住绳子。建国听到有人喊："哟哟，看见样子了，结棍的，像是台机床。"老张上身往后倾，双手发力，脚后跟猛蹬几下，仿佛即将腾空跃出井口。李司令和建国也学他，后背下压用力。那样东西并没有迅速靠近岸边，而是忽然变沉，也用后仰的方式和他们角力。大片浓黑淤泥被带出河面，水泡汩汩冒出又破开，青色河水转瞬浑浊。李司令用光了力气，蹲在地上，气喘吁吁地盯着它。小宋靠住板车扶手，眼睛一眨不眨。建国半张着嘴。所有人都近乎静止，如同复活节岛上的石像，抬脸朝向同一个方向。极其缓慢地，一个硕大的黑乎乎的东西升出水面，几绺鲜绿水葫芦缠绕其间，像是挽留的手臂，螺蛳和河蚌哗啦啦从高处掉落河中，仿佛滚下的山石。

此时城市上空霞光飞扬，街道和楼群呈古铜色，一群灰鸽由地表飞向深空，恒星浑圆，悬挂桥头。在这座明代桥梁下方，一个成人高的正方脑袋机器人，其一半身体已升出河面。还没完全现身，它就已经对众人形成压迫之势。河水从它肩膀、胸口、腹部的孔洞流泻，轰然作响，但相对于它的体量而言，这种轰然作响又是如此悄无声息。它一动不动，好像不愿惊扰任何微小的生命。

建国紧紧盯着它漆黑斑驳的外壳……背光处辉映

出一道道紫红光线，轧轧两声，胸前闪烁密密麻麻的光点，耀眼如焊火。像是有人按了启动键，它在迅速重启、复活。连串的吱嘎声响起，它体内马达轰鸣，冒出股股浓烟。没等大家反应过来，它双目灼灼，平举双臂，掌心射出一束束细小的炽亮红线，朝向人群，胡乱挥动，噗噗几声，最靠近的几个，像被打碎的番茄，顿时散作漫天碎肉，夕阳愈发红艳。大家尖叫着逃命，长根和小宋慌不择路，蹚着水朝河对岸跑，它一抬脚，如踢足球，一脚一个，他们被抛向前方，划出两道弧线，重重摔在马路上，没发出任何声音……这一切自然是建国瞎想的，他揉揉眼睛，什么都没发生，机器人静静站在河中，用两颗锈迹斑斑的大螺帽与他对视。

伯渎河经过机器人的腰部，流向前方车流不息的钢铁桥、红星桥和大公桥。机器人仿佛即将蹚河而过，朝向远处由高楼、烟囱和最初一抹夜晚组成的城市的天际线。

半个月后，弄堂口的泡桐花开始掉了，无风也落，啪嗒一声。建国从公厕出来，低头对着满地紫花愣神，地面仿佛布满了涂上紫药水的伤口。他刚下夜班，却无睡意，实在无聊，去南长街转转。听长根说南长街新开了家游戏厅，他准备去打两盘再回家睡觉。

这十几天，事情又发生了变化，儿童世界人员饱和，他被人事科调整到了保卫科，三班倒不算，作为新保安，奖金要工作满九个月后才有资格分配。

路过居委会，两个老太并排看宣传栏上的《江南日报》。他点支烟，也凑上去。"本地趣闻"有则消息，他反复读几遍，确定写的是那天的事。

下岗工人河底打捞，惊现"机器人"

本报消息（记者小刚）"从河里拖出一个机器人，两米多高，还会说话，吓煞人了。"上周，有市民报料说，下岗工人张师傅在伯渎河里打捞出一个机器人。这一怪事让南长街居民议论纷纷，有人联系近期上海天空出现的不明光环，猜测是外星人失事，也有人认为是科研机构丢弃的机器人模型。

记者联系张师傅，了解到确有此事，不过机器人会说话并不属实。张师傅下岗后，用强力磁铁打捞河底金属补贴生活。上周三他在冶炼厂地块附近河底打捞出机器人。因为机器人体量巨大，他借用三轮车才将其运到废品收购站，锯割后称重三百四十斤。据张师傅形容，此金属人体模型头部、躯体呈正方形，手臂和腿部为铅桶状圆锥形。

记者跟随张师傅来到位于南长街的东康废品站，废品站工作人员告诉记者，切割下的部件已装车运去破碎场，还剩几块压废纸的金属件。其中一块据称为原先膝盖部位，记者目测约二十厘米，如古代护甲，称重十斤左右，令人惊奇的是，金属件背面粘有几根断掉的电线头。

为一探究竟，以解开市民们的困惑，记者携金属件造访江南大学机械系。据专家介绍，金属件由两层铁板组合，铁膨胀螺丝连接，至于后面的电线，有三种型号，均为电气装备铜芯电线，尚不明确作用。目前至少可以肯定，张师傅捞出来的不是外星人。

在此也劝告广大市民，打捞废铁要注意自身安全，同时务必遵守规定。我国《民法通则》第79条规定："所有人不明的埋藏物、隐藏物，归国家所有。接收单位应当对上缴的单位或者个人，给予表扬或者物质奖励。"我国《物权法》第114条规定："拾得漂流物、发现埋藏物或者隐藏物的，参照拾得遗失物的有关规定。"

机器人是大家一起抬上李司令的板车，然后推去废品站的，这倒没错，但建国不记得金属板、电线什么的，他更好奇父亲是什么时候接受记者采访的，自己完全不知道。

母亲坐在葡萄架下，剥着毛豆。阳光一束束漏下来，每一片葡萄叶都在发光，她脸上的光也是翠绿的。她说厂里周三通知去开会，要公布第二批下岗名单，这次有她。这是她第十几次说了，但还像第一次说那样摇头叹气。豆子不时从手中掉落，她一次又一次弯腰去捡。建国听说手里把不住东西，是中风的前兆，不免担心。他劝她等会儿不要出去打麻将了，一直坐在那里，血液流动不畅，对身体不好。母亲被惹火：“我要你管！每天上班，还要天天伺候好你们吃，打两个小时麻将怎么了？要是能死在麻将桌上，那是我的福气！”

老张午饭时回家，感叹出租车司机挣得不错，早知道就该去学车，现在这把年纪，没有技术，只能做押车，挣别人零头。建国问他报纸采访的事，老张吃惊：“报纸登出来了？”他夹几筷菜，端了饭碗，在妻子的骂声中急步出门，赶去宣传栏。不多久回来，进门就骂记者不是东西：“花了半天时间陪他走东走西，说好有信息费的，报纸登出来了，结果毛都没拿到。”建国有些错愕。

“建国，他写这篇稿子有稿费的吧？你估计这篇稿子记者能拿多少钱？”

建国想了下，说：“百把块总要吧。”

老张盘算一会儿,伸出手,说:"就五十。我不多要。我下午去报社,你也去。"

建国想,五十块,想必那个记者不会和父亲计较。他大口喝完粥,说:"你们谈好的,不怕他抵赖。再说了,他是吃公家饭的,你怕什么?你自己去吧,我下午还有其他事。"

"你有什么事情?"

"真的有事。"

"你有屁的事情!"

"就是屁的事情。"

"屁的事情为什么不能说?"

"屁的事情有什么好说的?"

门外的阳光越明亮,显得世界越不真实,房屋、树木像画出来的,窗户像画出来的,父母像画出来的,建国自己也像画出来的,他像活在一个叫建国的陌生人身上,有过分涂饰的虚假的鲜明。类似的对话已经进行过无数遍,建国知道这样的争吵毫无意义,可的确又是眼下的意义,似乎也是生活中很多时刻的意义。他放下碗,上楼补觉。

房间的窗帘坏了,拉不上,他只好在光明中把头蒙进被子。开始睡不着,后来父亲也上楼补觉了,他跟随隔壁房间传来的打呼节奏,渐渐昏沉。想到外面如此明媚,自己年纪轻轻,却只能倒在老屋的旧床上睡觉，鼻子一酸，眼角莫名渗出两滴泪。正值半梦半醒，所以委屈很快平息。

起床是三点半左右，浅黄的光线倾泻床头，薄被上牡丹花枝招展，仿佛又开大了一些，五斗橱上有两瓶汾酒，沐浴亮光，异常灿烂。这是今晚带给商场保卫科科长的礼物，父亲替他准备好的，按父亲的话说，"花了三分之二的机器人"。

父亲已经出门，应该是去报社找那个记者要钱了。母亲也不在家。八仙桌上罩笼里摆着中午剩下的饭菜。碗筷周围，几只苍蝇嗡嗡舞动，极富活力。一张闪光的蛛网挂在窗户上，如果身体缩小一百倍，可以把它当摇椅。

建国没有骗父亲，他的确有事，他要去李司令家里借书。前阵子因为忙于实习和陪父亲捞河，他有些日子没去李司令家里借旧书看了。

李司令家在弄堂最深处，像座未完工的碉堡，清水墙，三面正方形窗户竖着细铁栏，平顶上搭了个阁楼，养鸟，晒书，架根天线，接收信号能力极强，邻居看什么片子，他就能看什么片子。

出狱后，他收了十多年旧书，总有舍不得送去废品收购站的，就成捆堆在门口，周边始终凝聚旧纸张的灰暗气味，自成领地，穿堂风过，流露着庄重的神秘，像某种巨物的鼻息。想到即将在大堆故纸中随意选书，近乎进了芝麻开门的山洞，建国忍不住心驰神往。

李司令正站在阁楼上眺望远方，手遮前额，上身前倾。楼下，建国好奇地朝他的方向望去：一根烟囱矗立蓝天下，几条淡淡的电线，两三朵沉甸甸的白云，里面好像包着东西。建国跟李司令打了招呼："你慢点下来，我自己先翻翻。"

进门时，经过门口的旧书堆，建国看到自己瘦瘦的灰影折叠，移过那些书，仿佛是由其中某本飘逸而出的。他抽出架上的书，像拔出根萝卜，翻了几本后手掌沾满细灰蛛丝，他偷偷往书架上擦拭。屋外响起两声欢快的狗吠，能听到谁在打水，铅桶碰碰车般咣咣碰撞井壁。这些声音很快被下午庞大的寂静吞下，连根毛都不剩。

在寂静的内部，木楼板阵阵摇晃，嘎吱声中，李司令慢吞吞爬下楼梯。他转了两圈，低头眯眼，拿拿放放，像是找什么东西，最终还是双手空空。他坐回靠窗的藤椅，大概从屁股下掏出一只梨，又从口袋里掏出把小刀，削着皮问："建国，你上班了吗？"

阴冷的霉湿浮沉周围，仿佛站在淤泥或流沙中，随时都会下陷，建国呛咳一声，哼几下，清清喉咙，说："上班半个月了。"

"挣工资就好。工作是学校派的，还是自己找的？"

"我们没有派工作了，现在叫'双选'，单位到学校来选，各种单位都有的。我们这次双选，银行也来的。"

"银行可是金饭碗啊！你派的工作是学校安排的，还是自己找的？"

"现在我们没有派工作了，单位到学校来选的。我在商场上班。"

建国意识到这问题李司令一秒钟前问过自己了，他重复问，自己又答了一遍，好像陷进了某种时间旋涡的循环。室内幽暗，几束光线所行之处，尘灰翻滚，粒粒生辉，目之所及，仿佛弥漫着一些星系。建国渐起身处宇宙浩瀚的孤独：墙上霉迹斑斑的世界地图下方是黑洞，能吸尽所有光源，包括他的视线；楼梯附近，平台六孔板依稀浮沉的微光，是远离银河的一条孤独的带状星云，它在自转，形体扭动出双螺旋状，时间流速比这里要快百倍以上；楼梯转角的报纸堆，诞生了一千个银河系那么广阔的太空陨石坟场，这是太空的阴间；李司令身后，窗户流光灼眼，窗外愈明亮，室内就愈阴暗，他端坐阴阳两界，所有的光正被加速吸收而来，他的背部正在炫白中虚化，也可以视作一个虫洞，通向另一个平行宇宙，此刻，平行宇宙那侧，垂荡的枫杨枝叶和几棵青枫熠熠生光。

"什么商场啊？新开的还是老店？"

"我在第一百货。"

"噢，第一百货啊，他们那个小屁精陈总以前是我的跟班。"

建国知道有很多人跟过李司令，有的后来当了官，有的成了企业家，可不知道为什么李司令在"陈总"前面加上"小屁精"三个字。他试探着问："你和陈总现在还有联系吗？"

李司令语焉不详，大意是上次在路上偶遇，陈总还是给他敬烟的。建国本来也是瞎问，他清楚，李司令口中带过那么多人，但这么多年，无论逢年过节，还是上访犯病，一个来看望的都没有。李司令两次胆结石，一次凌晨，一次上午，痛得喊救命，都是隔壁邻居听到了他的叫声，打电话给居委会的。

建国继续抽书，突然，他整个人定住，书架尽头的马桶上，赫然耸立一个正方形机器人头，十二寸电视机大小，两颗锈住的大螺帽眼睛，穿越了时间长河，看着他。这目光，瞬间将他置于浅灰而深邃的太空，仿佛整个宇宙只剩下他和这个机器人头。

"这东西不是卖给废品站了吗？"

李司令放下梨，过来和他并排站着，以欣赏的目光打量这个机器人头。看了一会儿，他上前扯掉机器人头上的蜘蛛网，似乎不好意思地笑了笑。

"这个头吧，我没跟你们讲，后来，我再去废品站买回来的，留个纪念。"说完，他伸手拍了拍它，像安抚受了冷落的小猫小狗。

"留个纪念？"

"这个东西，其实是我像你这么大时，为了给那一年的国庆节献礼，我带着车间里的工友用机床磨出来的。当时哪里见过什么机器人，我照着《人民画报》上介绍未来生活的图片描的小样。我们焊铁板就焊了半个月，绝对保证质量。每一颗螺帽都是我亲自拧的。为了赶工，整个车间连着两个月没有放过假，大家都主动加班。后来的故事，算了，三天三夜也说不完，就不说了。我为什么要留个纪念？我好歹八十出头了，无儿无女，前半世就做了这么一件事，后半世，没来得及做什么事。徐悲鸿画马，齐白石画虾，陈景润解哥德巴赫猜想，这东西就等于是我的作品了。我看的书不少，你别说，和我那一辈的，还真没人做过同样的事情。"

"你做这个事情的确比较早，当时还没变形金刚和高达呢。这个机器人造得也蛮大的。"

李司令自然不知道变形金刚和高达是什么，只当是建国语无伦次。他哑然失笑，笑声虽低，但建国眼前的昏暗为之轻盈摇曳，莫名柔和。

"别盯着看了。你要是感兴趣，没事就过来陪我吹吹牛，等我身体不行了，我传给你，你替我保管好就可以了。这样，你们老张家也可以多一个传家宝。"

建国愣住，不知该怎么回答。

"你说好不好啊？"李司令拍拍机器人头，把问题抛给它。

燕子呢喃，白鹤鸣叫

恒宇科技无锡分公司院子一角，摆放灰头土脸十几辆摩托，有大白鲨、大黑鲨、幸福250、嘉陵、大路易。这些二手摩托大多报废，仅用以展示各种型号报警器的安装位置、触发效果。王卫东蹲着打量这些摩托，想起前几年它们矗立商场展柜的雄风，略感惋惜，叹了口气。

恒宇科技主营业务为摩托车防盗报警器、贡丸和喜乐油漆代理。王卫东原在泰州分公司报警器业务小组，已入职三年。为防个人做大，台湾老板将几个分公司老员工对调。无锡的调苏州，苏州的调泰州，泰州的调无锡，两三个员工嫌远离职，也算变相裁员。

无锡分公司经理张大明没让王卫东闲着，安顿好宿舍，就安排同宿舍的鲍国坚带他去业务宣传。方式很粗暴，鲍国坚驾驶那辆还能发动的大路易，王卫东坐后座，打开报警器，音量调到最大。上车时，王卫东注意到踏板是用塑料板重新接的，他怕踩塌了，练芭蕾般踮起脚尖。他们从南长街、中山路、北塘大街一路疾驰，绕市区一大圈。撕心裂肺的警报响彻几条主干道，几辆出租车还以愤怒的喇叭声，不时有路人停下脚步错愕，王卫东面红耳赤，幸亏有头盔挡着。

中午吃在隔壁锡山泥人厂食堂。锡山泥人厂经营吃力，厂长参加台办联谊活动，认识了恒宇老板，相谈甚欢，于是用空置车间办起合资贡丸厂。有阵子，广告频频登上地方台冷门时间。贡丸进菜场、超市、饭店，和那个年代市民们追逐过的电烤鸡、文虎酱鸭、韩国熟菜、澳门面包等大众食物一样，给大家带来远离匮乏的可选择的体验。王卫东他们借贡丸厂食堂吃饭那阵，厂已走下坡路。凭仗市场占有率，这个下坡路尚有两年可走。

食堂有两个打饭窗口，八排十二位对座长桌，泥人厂职工浅蓝色工作服，贡丸厂职工深灰色工作服且戴纺织厂女工同款化纤帽，分两列排队，看上去很规整。王卫东几个挤在中间，穿着自己的衣服。说起来挺没出息，就这点差别，让他获得了微小的自在，另则无需挂工牌，无需按照规定时长用餐。这些自在小归小，但的的确确。

他搞不清贡丸厂普通职工收入多少，回头问鲍国坚。鲍国坚侧身看看前后打饭的人，压低嗓子告诉他：

64

"比我们底薪高三百。"得到答案，王卫东些许失落，转念想到，自己收入主要靠业务提成，卖掉一台报警器，可提成三十，这是那些贡丸厂职工比不了的，万一无锡市场比泰州好，自己条线每月能卖个三十台，那可得九百，他妈的，卖个一千台，可得三万。哪怕知道这是胡思乱想，他也莞尔了下。

王卫东和鲍国坚埋头吃饭时，坐对面的贡丸厂职工讨论刨肉机故障，几个人猜测原因，两三个江湖气足的提供解决方案，另几个人附和，没人置身事外。讲国企改革的电影常表现类似场景，厂内大小事，工人们都敢于发言，有强烈的参与愿望，王卫东感到这种热烈的氛围久违了。他想，光这一点就足以证明，贡丸厂收入的确不低。

双人宿舍，他和鲍国坚左右铺。隔壁公共卫生间洗漱完毕，先客套几句，交流跑下的业务情况。鲍国坚负责自行车总汇、第一百货和交电商场，几个经理都挺难搞。跑业务做的就是熟悉，相比泰州业务单位，王卫东新接的几个单位也不好上手。

鲍国坚聊不长，睡前会翻翻床头旧杂志。他四十多岁，偏瘦，头发花白，多抬头纹，半卧持书，眉宇间有老教师的沉稳。因为贡丸厂设备整修，他们今晚难得话多，讨论万一修不好，停产一天老板会损失多少，虽与己无关，心情却是解气的，当然这个莫名其妙的气由何而来也不好深究。

鲍国坚翻几页《世界之窗》，放到枕边，说："早点关灯吧。"开关在王卫东床头。灯熄后，月色清淡，伸手可见五指。鲍国坚翻个身，面向王卫东说："做贡丸其实不用机器的。"

王卫东意识到他还想聊天，顺着他起的话头说："那以前是怎么做的？"

"贡丸是打出来的。那个字，其实不应该是'贡献'的'贡'，是另外的字，我不会写，反正就是捶打的意思。弄块精肉，拿个木棒反复敲打，打成肉糜，捏成丸。几百年传下来，有不同的制作工艺流派，都说自己是最正宗的。"

"我听过老字号陆稿荐的故事，最早是陆稿荐，然后有老陆稿荐、真正陆稿荐、真正老陆稿荐，反正都强调自己是最正宗的。"

"有点区别，你说的是品牌之争。贡丸没有全国性品牌，他们争的是工艺，就是如何制作才能保持老祖宗原来的味道，都用精肉，都是敲打，但加多少肥肉、鸡肉、面粉，直接敲肉还是把部分肉切碎了敲，放不放其他辅料，香菇丁、口蘑丁、油渣，就这点差异，分出十九个流派。"

王卫东听他讲得专业，不由好奇："老鲍，你这么懂贡丸，以前在贡丸厂做过？"

"跟贡丸厂没关系，唉，这事说来话长了。"

王卫东手枕脑后，由侧身改为平躺，兴致满满："反正睡不着，老鲍，说说看呢。"

"我是江阴李塘人，祖籍福州，太爷爷那一辈从上海跑到李塘来安家的。我太爷爷入过同盟会，早年跟随黄兴，武昌起义，陈其美带队攻打江南制造局，他就在那支敢死队里，算个小队长，管十几号人。拿下制造局后，他负责看守俘虏，大概百把人，关在临时搭的露天牢房里。俘虏都被反绑了手，吃牢饭得跪地去啃。那时候还没普通话，各种方言骂来骂去。有个蓬头垢面的人隔着铁栅用家乡话唤太爷爷小名。二十年没人喊过他小名了，他吓了一跳，仔细看，竟然是堂弟。他不知道堂弟怎么当了兵，又怎么到了上海。太爷爷让他放心，自己可以向陈其美求情。堂弟说算了，他转身给太爷爷看，破烂短衫背后用红漆画了个大叉。太爷爷面色沉下来，这是他们用来区别手上有人命或重伤过自己人的，就等局势稳定，走国民审判的流程，公开枪毙。他知道求情是不成了。族里男丁稀落，又是从小一起长大的堂弟，他无论如何得救。救的后果他也清楚，上海肯定容不下他，福州回不去，算来算去，只能趁沿江还在打仗，往北边走，走到哪算哪。他用了三十六计里的一招，顺利救出堂

67

弟。具体哪一招,我就保密了。两人在黄浦江边商量,堂弟提议去他相好老家落脚。一个寡妇,在南京路摆水果摊,堂弟做巡警时经常帮衬她,来来去去几年,可以信任。他们这才选的江阴李塘。江风浩荡,两个曾经五湖四海的男人,没地没房,总要谋生吧,总不能一直打短工吧,堂弟狠狠心,这才从汗衫内袋掏出一个纸包,打开里外三层,叠着几张泛黄的信笺,上面录的就是祖传贡丸制作秘方。我太爷爷又惊又气,惊的是今日终于得见家族最大秘密,气的是祖父偷偷传给堂弟,而他才是长孙啊……”说到这里,鲍国坚语速渐慢。

王卫东听到情节起伏处,睡意全无,不知不觉睁开眼睛,黑夜熟悉而遥远。鲍国坚又讲太爷爷和堂弟用秘方去苏州云鹤楼换钱,被斧头帮王亚樵的暗线盯上。此时他语速更慢,口齿不清,鼻息渐重,近乎微鼾。王卫东防他睡去,故意问细节,换了多少钱,在当时能置多少地,之类。问了几句,鲍国坚含糊地嘟囔两声,很快鼾声大作,深坠黑甜。桐影沙沙,贴墙轻摆,筒子楼成了摇篮,被一双看不见的小手慢慢推着。室光勾勒鲍国坚的身体,仿佛淡淡的远山。房间里充塞可以揉平一切的安详。王卫东带着悬念翻来覆去,到夜半才有困意。

之后两天，鲍国坚没再提太爷爷和贡丸秘方的事，睡前闲聊时，王卫东想问下文，也忍住了。他当然知道鲍国坚那晚完全是信口开河，有意思的点在于，他已经习惯老鲍白天话少，这也是张大明嫌他的原因，老鲍不怎么会来事，业务量和前两年比，停滞不前，领导安排什么才做什么，也没见主动邀约那几个单位负责人去打个牌、唱个歌什么的；没想到老鲍晚上挺愿意说的，话不多，但都是老鲍主动聊，还聊过一次跟表哥去捉特务的事，也是只讲到一半。另外，别人吹牛，是越吹越兴奋，老鲍反过来，越吹越萎靡，自己给自己讲睡前故事一样，目的就是把自己哄睡着。老鲍分成两个，一个老鲍是宝宝，另一个老鲍是托儿所阿姨。

熟悉后，鲍国坚不再避嫌，他看杂志时拿支圆珠笔画线，大大方方记些什么，这表明他不是随意翻阅，而是在认真阅读。王卫东打趣道："老鲍，你真用功啊，怎么还做笔记？以后准备当作家吗？"

鲍国坚头埋杂志，举笔搔搔前额，说："不能跟你小子比，我记忆力差，不记下来，看了等于白看。"

王卫东留意过，他笔记做得最多的是《飞碟探索》和《世界之窗》，其次是《知音》。王卫东多少有点明白那些故事的源头了。说真的，他有些羡慕鲍国坚，有了阅读习惯，对方的夜晚明显比自己要丰富，更有层次感。简单划分下鲍国坚的寝前时间：晚上九点闲扯单位琐事，十点阅读一个小时，兴致好的话，十一点左右他会聊点往事，每次都是一个新的开始，聊着聊着就迷糊过去了。鲍国坚夜晚的多样性还不止于此，每周五晚十点，他会准时打开手掌大的收音机，听经济频率的一档热线情感栏目。

王卫东很喜欢那档栏目的名字，《星空低语》。栏目一个半小时，女主持人先朗读篇港台作家的美文，再介绍个港台歌手，然后会推出本周主题，主题往往与美文内容相关。王卫东有印象的主题是"难得有情人""往事随风""我想有个家""一场游戏一场梦"，印象最深的是"东方之珠"和"1997永恒的爱"。再有两个月香港就回归了。小学六年级时班主任帮他们算过，香港回归之时他们二十六岁。这几乎等于一种新的纪年方式，一个与个人相关的成长节点。

王卫东模糊听着节目，基本听不完整，他常常在热线电话的絮叨里眼目迷离。鲍国坚却会在听众的讲述中表达态度，叹气，冷哼，嗤之以鼻；也常在主持人对听众的开导过程中提出不同看法，嘀咕几句，一本正经。这种时候，王卫东困得不回应，耳旁偶尔掠过两三声嘿嘿轻笑，房间原先稳重的黑暗一下变得难以捉摸，挺瘆人的，他要深呼吸几次，才能继续维持困的状态。

有一次主题是"宽容"，听众宋先生分享了妻子出轨、自己宽容、她回归家庭、夫妻重拾幸福的心路历程。因为是第一个热线，王卫东听完全程。鲍国坚说，这是一个杠卵。王卫东听得懂"杠卵"的意思，等于无锡话"戆头"。鲍国坚老成持重，难得听他骂人。午夜电波的倾诉以情感困惑为主、成长烦恼为辅，他这个年纪，的确有点发言权了。

王卫东又发现一个规律：鲍国坚在夜晚讲述自己的时候，无论开头如何精彩，总是渐趋颓然，归复无边无际的沉默；他在听栏目里别人讲述的时候，哪怕都是些家长里短、老生常谈，他反而有更多的参与感，眼目清凉，愈夜愈精神。某一两个听众分享的境遇，过几天，他还会发表看法，说明他那几天一直在琢磨。

张大明联系了个新单位，无锡郊区广电台，包括广告公司在内，百把个员工，大半用摩托代步。合作条款基本已谈妥，他临时出差，让王卫东和鲍国坚去对接具体事务。

为表正式，鲍国坚特地换穿蓝色涤卡布中山装，下着黑色直筒裤，镂花皮凉鞋，这种搭配是七八十年代主流，如今少见。对方负责接洽的是办公室杨主任，年纪和王卫东相近，平头，眼放精光，一米六的样子，腰背挺拔，拒绝接烟，也不客套，说话严谨。他详细问分批结款细节、更换保障流程等。张大明已谈妥的那几条等于重新梳理了一遍。讨论半天，又说分管领导还没最后定，下周再来签。

两人忍怒出门。回去路上，大路易飞奔郊区公路，鲍国坚解掉中山装扣子，风呼呼吹飞衣摆，翱翔于王卫东胸前。鲍国坚大声说："杨主任和刺杀我太爷爷的王远舟长得很像。"

隔着头盔，王卫东没听清，问："和谁像？"

鲍国坚轻踩刹车，减缓车速，说："刚刚那个小杠卵，跟王远舟长得很像。王远舟就是王亚樵的表弟，王亚樵派来杀我太爷爷的。"

鲍国坚语气随意，就好像王卫东理应知道王远舟、王亚樵和他太爷爷。王卫东记得鲍国坚的太爷爷，但他奇怪自己怎么会知道，沉默一会儿，依稀想起几周前鲍国坚没讲完的故事。没等王卫东开口，鲍国坚接着说他太爷爷的事。车速六十码，话语被气流冲得乱句断章。为了让王卫东听清楚，他特地往后坐坐。王卫东头挨鲍国坚肩部，两人前胸贴后背，都戴红色塑料钢头盔，单看脑袋，仿佛《恐龙特急克塞号》里的时空特警。

"我太爷爷没得罪斧头帮，他是同盟会的小卒，连黄兴、陈其美的跟班都算不上。他和蒋介石、周佛海都有点接触，点头之交吧，蒋介石给他发过香烟。

所以听说王亚樵要杀他，还派了最得力的手下王远舟，他觉得奇怪，就算当个逃兵，有兵法处，没杀人没放火的，不至于弄出这么大阵仗。堂弟交易秘方时，失口说出真名，云鹤楼老板听这名字，再听口音，确定是江湖追杀令里的兄弟二人。他拿捏此事压价，原先太爷爷开价十根金条，他还价八根，有了把柄后，只肯出一根，另外七根作为封口费。太爷爷他们答应了，老板又变卦，敲诈五根金条当保密费，限三天拿出。秘方白送，再倒贴四根金条，这是把太爷爷往死路上逼了。换了你，你怎么办？知道底细的有云鹤楼老板和他的大儿子，还有个中间人，小刀会的顾三爷，这三人，一个活口都不能留，而且得同时动手……"

五月了，上午十点前后，道路两旁的灌木丛鲜亮，行道树有倒影，等公交车的路人们踩着各自身影，他们的身后是蓝天白云，目之所及，甚至可以看到远处淡青的山脉，恍惚是城市飘升半空的影子。王卫东听着鲍国坚的家族往事，端量经过的汽车、行人，假设太爷爷、云鹤楼老板、王亚樵是其中的某个人，那些随口说出的死死生生，便有了几分小人书的真实。

正讲到灭门，鲍国坚看到什么，车龙头一拐，停靠路边，顾自小跑到磁卡电话亭。打完电话，他招手示意王卫东上车。窨井盖旁，王卫东刚蹲适应，小腿和视角调整到较舒服的位置，听他指挥，只好撑膝而起。

"正好有磁卡电话，我给张大明说一声，那姓杨的小人比较难搞，让他自己去搞定，省得最后不成怪我们。"

王卫东迟疑了会儿，还是问了："这事跟我们有什么关系？"

"你刚调回来，不知道情况，张大明在老板面前最会来事。这次的事，我估计他克扣了活动费，对方没拿足好处故意刁难。我这个电话就是提醒他不要因小失大，也别想甩锅给我们。小王，江湖凶险啊。"

王卫东对着鲍国坚的后脑勺点头称是，后脑勺藏在头盔里，盔顶反光。王卫东想象，鲍国坚把头盔一摘，一扭头，展现一张过去时代的脸。他难以描绘那张脸具体什么样子，他想，大概是《霍元甲》《再向虎山行》里那样的。

张大明回来后，特地带王卫东和鲍国坚又去了趟郊区广电台。依旧是杨主任接待，但相较之前的生硬，此次他客气多了，礼节性地有说有笑。

交流条款时，王卫东觉察有异，上次是包销，这次变成协作条款，性质完全不同，甲方提供场地、宣传，由恒宇派业务员入驻。这种合同不能说没用，只是成交多少全凭运气，也就是压力落到具体的执行人身上。这个执行人毫无疑问是从新转到无锡分公司的几个业务员里选。泰州分公司也常有业务员之间倾轧，用阴阳合同落个人好处的事，王卫东见怪不怪。张大明此举，与其说吃包销和散销的差额，更大可能是尽快给这笔业务画个句号，落个千把块钱活动费。

鲍国坚端着一次性纸杯，认真听张大明和杨主任交谈，适时点头，给人感觉是领悟到了什么秘旨要义。王卫东目不转睛盯着杨主任，在张大明眼里，这已经近乎不礼貌，杨主任不以为忤，对他笑笑，没多想。只有王卫东自己才知道自己在琢磨什么，他从杨主任脸上遥想着王亚樵表弟的风采。鲍国坚上次讲他太爷爷的事，又只讲到一半，杀手王远舟还没出场。

办完事后三人分开，各去各的业务单位。王卫东替第一百货发给中层的摩托安装报警器，回宿舍已是傍晚。鲍国坚接近九点才回，他双手抱肩，坐在床边低头发愣，面色潮红，身上散发猛烈的酒气。

王卫东打开窗，半真半假地问："老鲍，怎么也不喊上我啊？去哪里喝花酒了？"说完他就后悔，哪怕是鲍国坚，他们交情也没到随意开玩笑的程度，他等着接下来的自讨没趣。

鲍国坚抬头，直视他说："没喝花酒，是鸿门宴，张大明请的客，就在路口的小四川喝了点。他让我去跟郊区广电台，每周三、周四下午都得守在那里。周二还得替他去港下摩托车总汇做活动，来回又一个小时。唉，接下来一个月都排满了。"

"你答应了？"

"答应了。不然还能怎么着？他说我会开摩托，方便远程，公司那辆大路易不能白给我开，要派上用场。"

王卫东也直视他，等价交换自己的真诚："你就是太老实了。换我，我就拒绝。我们有自己的业务单位，凭什么去帮他顶？"

鲍国坚用力撑起身体，摇晃着走到窗前，摸索热水瓶。王卫东赶紧抢过热水瓶，说："你坐好，我来帮你倒水。"

鲍国坚亲切地拍拍他肩膀，语气如父如兄："小王啊，我看出来了，你只敢在我面前嘴硬，换了你，你肯定也会答应的。"

王卫东愣了愣神，的确，自己说老鲍容易，设身处地，自己难道会拒绝？甚至还会欣喜于和张大明走得更近一些。

鲍国坚接过王卫东倒的开水，太烫，床上又不好放，他长久持着搪瓷茶杯，目光呆滞，似在思考什么问题。毕竟喝多了，他的忽然固定让王卫东觉察到了某种危险，宿舍空间小，万一他发酒疯，这么大的杯子飞过来可不是开玩笑的。他下意识帮鲍国坚扶茶杯，仿佛动物护食，鲍国坚手一缩，凶猛地瞪住他，充满血丝的眼球欲夺眶而出，这不是王卫东习惯的眼睛。王卫东后退两步，坐回自己床边，手背一阵一阵疼，是让漾出的开水洒到了。

"不好意思，不好意思，小王，你没烫到吧？"鲍国坚将茶杯放到地上，甩着手说，"以后再也不喝这么多酒了，跟他说了血压高……噢，对了，我明后天请假，回去休息两天。你吃过马蹄酥吗？我们那里的特产。我给你带些。"

王卫东看他神色缓和，语气里有清晰的内疚，稍稍放下心，说："好的呀，少带点，尝尝味道就行。"

宿舍开窗通一天风，酒气始终不散。王卫东不知道鲍国坚喝的什么酒，连他摸过的杯子都气味冲鼻。哪怕今晚鲍国坚回家住了，自己还被动沉浸在鲍国坚的气息里，想想有点恶心，再想想，这恶心里也有温暖，类似鲍国坚开摩托带他，两人挨肩搭背时附着的感受。王卫东懊恼没备瓶花露水。

他胡乱翻翻鲍国坚的杂志，提不起兴趣，打开收音机，调到经济频率，听了半天国际新闻，这才想起今天不是周五。再调其他频率，不知无锡交通频率还是上海东方频率，也是档谈话节目，女主持人慢声细语，每句话都是贴在他耳边说出来的，每句都自带深情，和《星空低语》差不多，以情感类为主。发现初二女儿早恋后不知所措的单身父亲；喜欢上朋友但难以启齿的男同；七年之痒，希望和丈夫重拾激情的妻子……已经到睡觉的点，王卫东把声音开大。

让王卫东沮丧的是，自己更像个候补听众，鲍国坚不在宿舍，夜晚陷入了彻底的无聊，这些事听起来没平时那么催眠。如果鲍国坚在，挡在床前，如一条挡开生活的隔离带，他便可以复归舒适的困顿。他惦记着老鲍讲的太爷爷的往事，想知道接下去老鲍会怎么编，脑袋里一个又一个下回分解。窗外微明，更远处的夜色被窗框和墙壁挡住。

鲍国坚给每人准备一份马蹄酥，多给张大明一包笋干。感觉他不像是回了趟家，更像是出去旅游了一趟，回来和同事们分享旅途欢喜。他跟王卫东说："加起来也就几十块钱，做做人情。"

出乎意料的是，他从脏兮兮的人造革挎包里拿出个游戏机递给王卫东，说："买给小家伙玩的，去年他跟我前妻去海南了，放家里落灰，我看你晚上闲得慌，正好。"

游戏机有股硫磺皂味，明显特地擦洗过的。王卫东长按，嘀嘀两声，闪出界面，是小时候常玩的俄罗斯方块。他被鲍国坚的这个示好打动了，面对生活中不经意出现的善意，他不知所措，掏出十块钱塞给鲍国坚，说："老鲍，这个我不能白拿，表下心意。"

鲍国坚赶忙推开，说："你怎么回事？又不是新东西，用旧的，给你总比扔掉好！"

晚上，他们话多起来。鲍国坚轻划杂志，随意说着家事，老父亲身体不错，老母亲又养了十只鸡，他们装了热水器和电视锅，电视能收好几十个频道，自己惭愧，没多陪在他们身边，等这阵子忙完了还是要多回去，光看看家门口那片绿油油的麦田，麦田间的梯形电塔，脑子就瞬间一轻。

王卫东半靠叠高的被子，低头玩俄罗斯方块，他好奇鲍国坚从没提起过的婚姻，又怕惹他骂杠卵，思来想去没开口。

鲍国坚谈到下个月的工作量，杂志都没心思划了，丢到枕旁，发牢骚说："摩托车报警器不知还能弄多久，上次碰到有公司已经在推销汽车报警器了，我年纪大了，无所谓了，你还年轻，要早做打算。"

王卫东半开玩笑说："老鲍，你四十出头，年纪不大，以后恒宇也会生产汽车报警器的，你到时还是中年。"

鲍国坚起身端着茶杯在两床间来回踱了几圈，像是在认真思索。他喝两口水，小口，看得出不是很渴，只是给踱步找个理由。又躺回床上。

"这次回家，我碰到读村小时的班主任，他在镇上开了家中医诊所，喊我去玩。你说没病没灾的，我去诊所玩干吗？碍于情面，我还是去了，心想最多买他两包补品，估计他的目的也是如此。他的诊所开在卫生站二楼，放了一架老式药堂才有的那种药柜，上面贴着药材名字，还有一些奇怪的药名，九转回龙丹、黑玉引魂膏、春风再续丸之类……"

王卫东忍不住打断了他的新故事："老鲍，你太爷爷那个事，就是贡丸秘方和王亚樵的事，还没讲完呢。"

"贡丸的事？什么贡丸的事？……噢，对了，我太爷爷的事，他的事比较复杂，只可惜我不是作家，不然写出来的话，比什么《战争与和平》《李自成》好看多了。"

鲍国坚翻个身，背向王卫东，拨弄收音机，无锡经济频率的《夜间新闻联播》响起。

例会结束，张大明特地把王卫东喊进办公室，鼓励几句，又说："这次给你加了五十块生活补贴、十块呼机补贴、二十块交通补贴，提成有六百，别出去声张。另外，业绩处团队下游，九月份会实行末位淘汰制，手里客户要维护好。"

王卫东瞥眼刚挂上墙的生产销售标兵榜单，分成四栏，贡丸厂两栏，油漆和摩托报警器各一栏，名字、指标、完成额、跟进情况还是空白。张大明语气的神秘让王卫东纳闷，这些补贴都是公司之前就规定好的，一视同仁，他再次强调的意义何在？让自己去体会这一视同仁里的特殊性，以显示他的关心？

王卫东从办公室出来时，正好遇到鲍国坚从走廊尽头过来，手里提着两篓杨梅。两人相视一笑。

本月鲍国坚干两个人的活，每晚忙到八点才回宿舍。人一疲惫就不愿意多说话，唠叨两句工作后，他就催促王卫东关灯养神。周五广播照旧听，照旧在黑暗中演绎和点评。如果王卫东还没睡，栏目结束后，他们就将那些听众的性格延伸至同事，奚落几句，再盘算下同事们的成单量，分析那些人的发展空间，对更多的生活指手画脚起来。王卫东也暗暗帮鲍国坚算过，光他明确提到的成功单数，提成就不少于三千。他想，鲍国坚提两篓杨梅给张大明表示表示也是应该的。

这天晚上，鲍国坚回宿舍，膝盖把门抵开，左手拎袋香蕉，右手拎扎可乐，故意要闹出很大动静似的，"咚"一声同时置在桌上。正埋头玩俄罗斯方块的王卫东把头抬起来，脸上浮现一些错愕。鲍国坚打开一听可乐，递给他，说："你怎么像我儿子？再玩，眼睛玩瞎掉了。给，喝可乐。"王卫东不好意思再假装投入，接过可乐。没等他说谢谢，鲍国坚又以不容置疑的口吻说："周一你请个假，一起到我家看，我已经请好假了。"

"去你家？看什么？"

"你这人是活在真空里的吗？周一晚上香港回归仪式的电视直播啊，中央电视台通宵直播。周二早上赶回来上班。"

王卫东当然清楚香港回归的事，这可是他小时候就心心念念的，更何况电视台和电台从一百天开始就倒计时了，算算，现在还剩下四天。他本来约好去同学家看，凑足四人，边打牌边看直播。刚才鲍国坚说得没头没尾，他才没反应过来。王卫东决定去鲍国坚家一起熬夜看电视，顺便可以看看他太爷爷当年落脚的江阴李塘。

李塘是那种在宣传图片中司空见惯的苏南小镇。镇政府大楼贴白色马赛克，玻璃窗蓝色，尖顶，五层，门口亮着香港回归倒计时的电子屏。中巴车和电子厂接送大巴并排，混在自行车流里往前开，小学，中学，镇医院，两家商场，室内农贸市场，肉摊和杂货摊外溢到街面，市场楼顶和街心的红色充气拱门悬挂迎接文明城市行动的标语，五六青年围在露天桌球摊，

82

一人趴在球台，长时间不开球，凭借着最后一点天光瞄准。王卫东重新摆稳腿上的豆奶箱，在中巴车的颠簸里闭目养神。

鲍国坚家是村子集体翻建的新农村住宅，三户并排的二层小楼，门内小院，门口是村公共运动区，双杠、单人漫步器、室外扭腰器、健骑椅一应俱全，天热，上面或坐或站着些乘凉的老人。他们经过时，原先话语鼎沸的老人们忽然就不吭声了，脸长时间朝向他们。的确有片足球场大小的麦田，尽头是灰蒙蒙的新建厂房。这么晚了，仍有工人施工，电钻声从麦田对面传来，闹过头顶的蝉鸣。

儿子同事上门，鲍国坚父母生硬地客气着。两位老人勉强接过豆奶后，就是站桌旁笑，倒杯凉水，催促王卫东喝，用难懂的方言持续问候，像两个好不容易等来客人的饭店服务员。王卫东能感觉到他们家平时没什么人来。客厅中堂山水画落层细灰，十七寸彩电天线拉开，戳住画里的山顶寺庙。七十二小时不间断的直播昨天开始，主持人介绍香港今昔，黑白资料片与当下实景穿插。

四方桌摆几个冷菜，王卫东没想到鲍国坚提前为今天准备了。讲到饭菜，鲍国坚父亲说话清楚起来："前天才跟我们讲的，家里没电话，他打三次，村口小卖部的来喊三遍，前天晚上才接到，只能随便买点菜，如果早几天，我到塘里钓只野生甲鱼烧汤给你们吃……"

"叔叔，菜太多了，我不好意思啊。"王卫东的确不知该怎么作答，轮到他连说不好意思，自觉用普通话说不妥，用无锡话说，方言对方言，消弭了距离感。

喝的是三块钱一瓶的绿汤沟。两人平日都不喝酒，今天日子特殊，要喝点庆祝，各倒半杯，小口慢抿。鲍国坚父亲端上炒韭菜和冬瓜排骨汤。隔着菜汤升腾的烟气，他们认真欣赏起电视里的维多利亚港、太平山和尖沙咀。

"《英雄本色》就是在这里拍的。"鲍国坚提醒王卫东看镜头中的码头。

王卫东剥着盐水花生问："你说现在有多少人在看直播？"

"起码七八亿吧。英国人民也会看的。"

鲍国坚父母保持农村作息习惯，吃完晚饭就去里房洗澡、睡觉，交接仪式要十一点多才开始，他们年纪大了，守不到那么晚。

大门半开，带着浓郁麦香的夜风透过窗纱，围绕他们腻湿的身体，哪怕间或一阵，王卫东的皮肤也能体会到与头顶吊扇旋风的不同，更凉快，更温柔。

十点左右，王卫东坐得腰酸，提议出去走走。鲍国坚全神贯注于电视节目，已经融入历史进程的每一分钟，很不情愿地抽身而出。

再小的麦田也是麦田，脚下，墨绿的麦浪起伏，整片田野发出沙沙声，加上虫吟、渠水流动的声响，这些声音让王卫东感到一种完整。他们在完整之外，加入不了，但能靠近，也很舒服。月光照清一条通往深处的田埂，路面干净，中间搁着一只破木桶。

鲍国坚伸个懒腰，背手说道："有些事本来不想提的，你上次问我，我就没回答，今天正好空，我说到哪里是哪里，你也随便听听。"

熟悉的开场白，王卫东知道他太爷爷的故事又有续集了。他跟上两步，与鲍国坚并肩。

"不瞒你说，我家在香港有亲戚。他们家混得不错，在旺角开了十几间麻将馆，铜锣湾有四间游戏厅。那边目前活着的辈分最大的一个，还做过新义安的双花红棍。我应该叫他三叔公。我们家族里，太爷爷堂弟四二年跑去香港，开枝散叶，叔公是他儿子，排老三。我们把话题再拉回来，接着上次讲。云鹤楼父子、顾三爷都被杀了，但不是太爷爷和他堂弟干的。你猜是谁动的手？王远舟。太爷爷躲在沧浪亭那边谋划几天，准备见面交钱时动手，结果传来云鹤楼灭门和顾三爷遭刺的消息。你说一个战俘、一个逃兵，跑就跑了，陈其美大动干戈请动斧头帮抓人，背后肯定不简单啊。后来才知道，不仅斧头帮，他还请动小刀会、天地盟、遂宁帮和响水帮的人，青帮就不用说了，本就是他手下，十几万人遮天蔽地找他们。起因是堂弟关牢里时说梦话，说得太大声，江浙沪的听不懂我们方言，可牢里有他同乡在啊，那家伙记在心里，他们逃出后，军队征集线索，他第一个告发，讲到太爷爷堂弟梦话里的地名、人名，也讲到那张贡丸秘方。陈其美激动得整晚没睡，他受孙中山之托，找这个秘方二十年了。秘方里面藏着天大秘密，连太爷爷、太爷爷堂弟，甚至传下秘方的祖先都不清楚，只有历朝历代的统治者和亲王们才得知一二，那是一笔从汉代就开始累积的民族财富，国内有七十二个宝库。它独立于朝代变更，护宝人也不干涉历史进程。《鹿鼎记》里金庸写的那个洞，就是七十二个宝库之一。金庸为什么会知道？那个告发的同乡就姓金……"

鲍国坚突然止步，猛拍大腿："哎呀，怎么走这么远了？赶紧回去！"他加快步伐往回走，面露不悦。

王卫东知道他担心错过交接仪式，安慰他："别急，我们最多走了一刻钟，回去还是等。"

鲍国坚不理他，脚步飞沙走石，近乎小跑，王卫东无奈跟上。夜色苍茫，他们逐渐接近鲍国坚家发光的客堂。这个过程，仿佛两只飞蛾追逐旷野深处的篝火。

纱窗门洞眼大，一些飞虫嘤嘤飞绕，轻撞日光灯管，另一些升降饭桌菜盘上下。灯管老化严重，散会儿步回来，客堂的光就旧了一些，几盘剩菜变暗变灰，如隔了几天。交接仪式还没开始。鲍国坚和王卫东坐回餐桌，举杯碰碰，慢慢抿。

担心迟到，王卫东睡睡醒醒，索性坐起。淡灰的室光里，他认出座钟时针分针的方向，五点四十。他望望窗外晨曦，几朵灰云。鲍国坚躺在另外一张钢丝床上，呼声轰然，他看直播到五点才进的房间。

王卫东耗到六点，喊他两声，没反应。又起身推推他，鲍国坚微睁双目，辨清眼前是谁，摆手示意不要打扰。王卫东征求他意见："那你补觉，醒来跟公司请个假，我先去坐车？"没想到他"嗯"一声，翻身继续睡。王卫东站鲍国坚床边一时发愣，他含胸驼背，双手不自觉交错于腹部，就像是在哀悼鲍国坚的不醒。再等了会儿，他确定鲍国坚是真睡着，而非恶作剧，索性自己出门了。

院子里槐影轻笼。鲍国坚父亲手持扫把，缓慢地走来走去。他跟王卫东说："吃了早饭再回城，烧烧很快的。"王卫东谢过，饿着肚子返程。

路边新的虫声交织。他多瞥几眼绿油油的麦田，往绿色的深远处投入，尽量体会鲍国坚所说的"脑子瞬间一轻"。可能没睡好的缘故，脑子反而变沉，小腿发软，他不敢走快。

晨会时众人神情疲惫，显然都熬夜看电视了。两三人凑到一起翻会议桌上的报纸，八个整版实况照片，他们随口交流去香港的旅行计划，电扇哗哗吹响报纸。

王卫东帮鲍国坚请假，同时替他挨数落。张大明阴阳怪气："你们兴致怪好嘛！现在老鲍业务多，资格就老了，他自己不会打公司电话请假？请多久呢？两个小时？三个小时？全天？下午还要去新业务单位的！"

鲍国坚到下午都没出现，请假电话也没打，张大明打他五六个传呼，没回。张大明认为这是鲍国坚对公司制度以及他个人的蔑视，生出被鲍国坚隔空羞辱的窘急。他把王卫东喊进办公室，问："你知不知道他家电话？"王卫东老实说："他家没电话，他平时都是通过村口小卖部公用电话回传呼的。"张大明本想再问王卫东知不知道小卖部电话，自觉荒唐，发狠说准备安排鲍国坚调岗，然后和王卫东交代了这几天的工作事项。王卫东也觉得鲍国坚这次太过分，哪怕要休息两天，给公司请个假又不麻烦。

傍晚，王卫东呼鲍国坚，没回。等到十点钟，王卫东按捺不住疑虑，又到门口烟酒店打鲍国坚传呼，

88

靠柜台等半小时，还是没回。烟酒店老板平日相熟，拿王卫东开玩笑："谈个女朋友不容易，这么晚了，还等着回电话。"王卫东赔笑，不语。入夜，王卫东打开广播，耳边响起谈话节目，熟悉的话题，熟悉的交流，他假装听得认真。

第二天、第三天，鲍国坚还是没到公司上班，也不回电话。张大明的恼怒转移到王卫东身上，反复问："你们那晚除了看电视还干了什么？怎么看一次直播把人看没了？"又说，鲍国坚再不回，就向总公司申请直接开除。说时盯着王卫东，言下之意是王卫东知情，可以把这话传给鲍国坚。王卫东懒得解释。

连续两个下午，由他顶鲍国坚去郊广大院设摊。他把广告传单和赠品发到进大院上班或办事的人手中，遇到感兴趣的想了解，就拿出不同款式的报警器，演示静态触发效果。人不多，第一天有九个问的，第二天守到三点半才过来个谈广告的油漆公司经理。这人推着辆崭新的春兰豹，王卫东告诉他这是最容易失窃的车型，对方吃惊，王卫东拿出传单，指给他看分类，"三十秒失去爱车"一栏下有十款车，春兰豹就是其中一款。对方犹疑又感兴趣："这么容易被偷啊？"王卫东沉住气，拿出工具箱，准备演示给他看。这时有人喊："小王！王卫东！你们张经理电话，急事，赶快上来接！"王卫东抬头，四楼过道，杨主任探出半个身子对他挥手。

手里有笔快成的业务，王卫东自带底气，接过话筒问："张经理，什么事？"

"你先别问什么事，不管你手头什么事情，全部放下，立刻回公司！对了，打车回，公司给你报销！"

"我现在有客户咨询啊！"

张大明语气近乎愤怒了："你他妈的听不懂我说的话吗？什么都别管，摊子也不用收，立刻回公司！"

公司门口停着三辆警车，两辆苏B，一辆苏E。王卫东搜肠刮肚，初一跟几个青头偷过学校体育器材室的气枪，卖了五十，自己分到碗小馄饨；高一偷过几回校办厂蛋糕、面包，其余没什么出格之举。再想想，几年前去过两趟洗头房，如果出问题，就出在这里。想到这里，他心脏不争气地狂跳起来，腿发软，手心有汗。

会议室人不多，围坐在椭圆型会议桌边，平日在上海办公的台湾老板居中，左侧是张大明，右侧是个长相斯文、戴时髦黑框眼镜的陌生中年，还有三个警察。

"你总算来了！"王卫东刚推开玻璃门，张大明就着急起身指着他对中年人说，"李队，他就是王卫东，和鲍国坚同宿舍。"

"你就是王卫东？先坐下说话。"

李队扫了眼他，王卫东感到全身如经 X 光扫描，体重没少分毫，灵魂却发飘。他脑袋空洞，木然坐下，呼吸粗重，拼命想自己会不会真做过什么。台湾老板意味深长地看着他，又与张大明对视，好像在印证某个潜在的答案。

李队扔给他一支烟，说："王卫东，你别紧张，我们今天跟你了解点情况。"

接下来，李队说话的十几分钟或更长时间，王卫东始终处于走神状态，说不上害怕，也说不上软弱。那些事说与他无关吧，他也算是个刑事案件的重点关系人；要说与他有关吧，他只是个路人甲。关系若有若无，恐惧也若有若无。当下，恐惧只是粒很不起眼的种子，刚刚在他内心播下，降到合适位置隐藏起来，但离日后抽枝发芽还早。

鲍国坚是三桩抢劫杀人案的主犯，无锡一桩，苏州一桩，温州一桩。同伙落网，供出鲍国坚，七月一号中午，警察上李塘村鲍国坚家中实施抓捕。在他家中，搜出几件赃物，凶器、指纹、足迹全部对上，证据链完整，是铁案。

其他两桩王卫东不清楚，但无锡本地田鸡浜这桩他记得，白日闯，一老一少，两条人命，影响极坏，一时人心惶惶，王卫东家采取的措施是换了新司伯灵锁,门框再装三把插销。

专案组找到恒宇公司,想继续深挖鲍国坚的情况,看看会不会有隐案。张大明提供鲍国坚业务单位、工作交际情况、出差记录、报销票据等材料。王卫东复杂一些,他得回忆鲍国坚在宿舍的作息时间。张大明、王卫东带李队一行人去公司一墙之隔的宿舍楼,他们把鲍国坚的东西全部打包,旧杂志、工作日记、收音机、皮鞋、装衣物的旅行箱,都带走。整个过程,王卫东多次想搭把手,都被他们拒绝了。他站床边,膝盖发软,很想蹲下,又弯不了腿。他声音发抖,主动提供两个线索给李队,一个是鲍国坚常打电话的烟酒店,老板相熟,说不定能问出什么;另一个是鲍国坚送他的旧游戏机,他交给李队,强调:"上面全是我的指纹。平日里就我自己玩。"李队点点头,身边警察接过。他们再检查房间一番,出门而去。

老板、张大明和王卫东送他们到公司门口,李队上车时提醒老板:"过后可能还要麻烦你们。"

"没问题,我们肯定全力配合好。李队、王所,我们内部再检查,如还有什么跟鲍国坚有关的东西,明天和材料一起送到派出所。"

王卫东独自回到宿舍。坐在明亮的黄昏里,等待心跳恢复正常,周遭,尘粒静静飞扬,桌面整洁,暖瓶沉默。他脑袋里单单悬浮起一颗贡丸:那个字,不应该是"贡献"的"贡",是另外的字,到底是哪个字?鲍国坚说他不会写,而我,直到警察给我做了三次笔录,也还是不知道该怎么写。

讲苏州话的人

　　醒来前的半小时，张广青起码做了十个梦，其中一个过于特别，以至于他还没醒来就把其他的给忘了，只记得这一个——

　　他和一个不认识的女人生了个孩子，蟋蟀大小。他把孩子装在那种透明的鸣虫盒里，每天塞一粒泡饭或苹果肉喂，听孩子哭叫。这天换食没留神，让孩子跑了出来，捕捉时不小心摁断孩子双腿，懊恼后迁怒于他调皮，索性挥指弹他如弹死蝇，却怎么也弹不掉，直至孩子身体被刮得血肉模糊，尖利泣喊如坏掉的电动车警报器。

　　他满头大汗醒来，摸到枕旁手机，才凌晨三点，离儿子起床尚有一小时。他不敢深入分析这梦的寓意。毫无疑问他爱儿子，梦里却揭示他厌恶儿子。另外，这个不认识的女人是谁？怎么会是一个不认识的女人？如果代表妻子的话，他怎么会不认识妻子？当然可以解释为梦是反的、梦是假的，可做这样的梦，就是罪大恶极。

手机屏幕打出白光，从床头往房间展开一条路，沿途经过此刻高耸的五斗橱。这条通道还不稳定，门把手吊着的妻子的丝巾在光中飘动。他告诉自己必须睡去，却无论如何也睡不着了。他翻两个身，体会宇航员的失重感，类似宿醉未醒，但视力在缓慢恢复，周围家具在慢慢显形，因为有了手机屏幕的这一道光，书桌、台灯、躺椅、衣架区分出轮廓，妻子的风衣挂在衣架上，上面还挂着两只包，书桌上摆着两瓶卸妆水。三个月了，他没改变它们的位置，最多擦擦灰，擦好后放回原位，尽量让室内保持不变。他当然知道这些东西叫作"遗物"，包括枕头、盖的被子、身下这张床，都是妻子的遗物。他躺在大大小小的遗物之中，被一种令人不适的来自阴间的温暖包围着，可他还没准备好离开。

张广青收拾齐整仪式需要的物品，看看时间，这才推开儿子房门。他吓了一跳，张先骏不知什么时候醒的，已经穿好衣裤，黑乎乎一团庄重地端坐床头。他打开灯，发现儿子连鞋带都系好了。"为什么不多睡会儿？要么睡，要么就起来，坐在那边装鬼干吗？""我睡不着了，但我也不高兴出来。"张先骏去拿桌上的书包，手伸到一半，想到今天不必带书包，就随便取了本漫画书，跟着张广青出门。张广青语带警告："今天我不和你吵，你说话口气也注意点，别讨我骂。"说完他就意识到自己示弱了，他主动在维护什么，只有担心真的吵架才会事先提醒。从楼道望去，窗外乌漆麻黑，一些高层起伏，挂着零星几处光，像是连绵大山深处的微弱篝火。他们在电梯里不吭声。张广青去披张先骏翘歪的夹克衫领，动作突兀，张先骏很不耐烦地挥手挡开，嘀咕道："我自己会弄。""你会弄？那你怎么不弄？光嘴会说。对了，你带好信了吧？""带了！"张先骏恼火地踢了脚电梯门外的购物袋。

车驶出小区，半空夜色被路灯照白一圈，路灯成了一排探测天空深度的小手电。张先骏贴靠车窗。他第一次面对凌晨四点的城市，街面空旷，前方有个清洁工弯腰扫地，垃圾车陪伴，垃圾车比清洁工要清晰。灯火通明的早班公交隆隆驶过，气流吹动灌木丛的白雾，公交站台灯箱广告刺眼，外国女明星手持百事可乐，笑容亲切，他回头多望了两眼。张广青揿响音乐，是《D大调奏鸣曲》，钢琴十级曲目。看后视镜发现张先骏两指塞耳，知道他不喜欢，张广青摁掉几首练习曲，换了首英文说唱，欢快的节奏响起。可对于他们正要去做的事情，这欢快显得古怪。他索性关了。

清名桥小学面目模糊，大门口空无一人。张先骏知道，再过两个小时，这里会车水马龙，欢声笑语。两小时后的场景让他走神，好像会在下一秒就出现，带着虚假的为他一人而设的热闹。那些蹦蹦跳跳进校门的学生里，没有他。今天周四，上午一节自然课，下午三点机器人社团活动。他一周没去上学了，想念这些课，可这个想念尚不能抵消对那两个王八蛋的愤怒。他仍然没做好准备面对他们，就算他们已经道歉。

"到黄溪村要开一个小时呢，你要是困，就先眯会儿吧。"张广青关照儿子。"那个事情，你以前试过没有？"可能感觉到爸爸语气变得平和了，张先骏也想满足下几天的好奇心，他终于开口。他一周没跟爸爸像样说话了，哪怕爸爸和他认真交代此事，并关照他给妈妈写封信，他也只是闷头照做。张广青明白他指的那个事情是什么。"我当然没试过，不过我公司里那个阿五头试过的，绝对灵，林阿婆说话的腔调和阿五头爷爷一模一样，连阿五头小辰光给爷爷起外号的事都说出来了，这事没有第三人知道的。""你脑子坏掉了，这是靠迷信骗钱，道德与法治课举过例子的！"张广青听出儿子终于暴露出之前隐忍的不屑，口吻瞬间生硬："你又要吃巴掌了！你知道林阿婆名气有多大？找她的人从上海排到无锡，我托朋友打招呼她才答应。我警告你，等会儿看到她，一定要懂规矩。"

公司连续跳走四个员工，近期碰到三个楼盘集中交房，人手不够，张广青只能顶上。儿子班主任来电话时，他正攀上爬下地在业主家验房。他飞快地把各种可能性过了遍，迟滞两秒才按键。班主任秦老师知道家长接电话心悬一线，直接告诉他不是什么大事，张先骏打架，一个打俩，同桌鼻子被捣出血，另外一个同学挨了他两巴掌，对方家长也在学校，为了避免今后矛盾，要他过去处理下。他听到她的背景环境声跟着高跟鞋走动在转换，越来越安静，估计从办公室走到楼道里，最后一句话特别清晰："先骏爸爸，你一定要好好赔礼道歉，对方家长工作我做得差不多了。"

儿子平时喜欢一个人玩，拿副扑克牌可以躲房里自言自语半天，跟同学向来不热络，不过要弄到打架，肯定事出有因。张广青担心激怒他的是自己想的那件事。

在门岗填好表，他小跑向教师办公室，看到"五年级教师办公室"门牌，焦灼之余，更有源自小时候的慌张，证明有些胆怯从未离去，只待场景再现，哪怕隔了几十年，仍然保鲜。办公室呈长方形，横排两张办公桌，一共三排六张，他像走进了一节火车车厢，傍晚阳光从绿格窗射进，靠墙处产生了隧道出口的通透效果。老师各就其位，两个家长和三个孩子都在，像几个没有票的旅客挤在火车过道。

张先骏斜着脑袋，头发乱蓬蓬的，他见张广青来了，气恼地转身对墙，倒像张广青是罪魁祸首。另两个孩子眉来眼去，做手势，不避嫌地传递各种暗号。一个刀削脸、身型微驼的家长显然不满儿子态度，不轻不重拍记头皮，喝令他站直。张广青不理会儿子，先向秦老师问好。没等秦老师说话，那个穿圆领马褂的家长先问候他了："兄弟，你是这孩子的家长吧，你平时带他练的？出手够狠的啊！"张广青听清这话里的挑衅，此人宽脸阔嘴，人高马大，肚子也大，掌中盘串，是好汉的气质。他双手合十，对好汉躬身行礼，再对驼背家长躬身行礼，对班主任也行了个礼，弯腰弧度达到日本标准。他尽量真诚地说："两位兄弟，实在抱歉，我带小朋友去医院检查。""医院就不用去了，没必要，可事情要弄清楚，"驼背家长食指点点张先骏，"问问你儿子为什么打人。"张广青顾不得讨厌这根指头，他望向儿子，张先骏头一斜，他再以目光询问秦老师。"我问到现在了，三个人都不肯说。"她烦躁地解释，又操起教鞭敲两下办公桌，板脸警告那两个孩子，"你们要是不说原因，抄二十遍《小学生守则》。张先骏，你抄四十遍！"好汉由衷地夸了句："嘿嘿，他妈的，现在你们三个倒是一个阵营了。"张广青一把揪住儿子耳朵，拎行李箱一样硬拽到秦老师面前，批作业或备课的几个老师喊道："你别动手啊！"张先骏一声不吭。"说！你为什么打人？"张广青持续发力，往下拉儿子耳朵，张先骏脑袋一下一下压撞高叠的作业本，脖子却梗起，涨红着脸怒视爸爸，昂头与爸爸角力。张广青知道自己表情扭曲，让他瞬间失控的，是对儿子这么多天的担忧早到达一个临界点了，里面也掺杂其他隐秘的情绪，但在班主任和其他家长面前，无论如何，这行为算变相示好了——这态度算好了，算合作了。

"陆明昊说张先骏不会哭……从来没哭过，张先骏就打他了。"眼皮底下的暴力让戴眼镜的孩子震惊，吞吞吐吐地坦白。"我放你的臭狗屁！"那个叫陆明昊的男孩瞪圆了眼骂他，"明明是你说张先骏妈妈死了，他一次都没哭过，血管里流的是自来水。"可能为陆明昊洪亮的骂声所慑，戴眼镜的男孩低了头，不过他继续反驳："我悄悄说给你听的，你最坏，故意重复给张先骏听，还讲得怪里怪气的，我说是自来水，你说除了自来水，还有百事可乐！"

秦老师听出端倪，招呼那两个爸爸到门外说话。张广青大概能猜出她讲些什么。接下来该怎么做？似乎需要安抚一下儿子。但他做不到情绪收放自如，很多人有这种能力，他从来没学会，所以他怒容依旧。张先骏狠狠盯着窗户，仿佛施加伤害的不是爸爸，也不是同学，而是教学楼顶的落日与晚霞，仇人相见，分外眼红。

张广青察觉到儿子不对劲是在妻子头七过后。凌晨两三点上厕所，他发现儿子房门底部亮出一条刺眼的光线。他以为儿子在偷看网络小说，推门而入，只见张先骏枯坐床头，手中没书，面无表情，知道他会进来一样，有事先预备好的平静。他问："怎么不睡觉？"张先骏说做梦惊醒了。猛地一躺，伸手关灯。他在黑暗中站了会儿，儿子一动不动，发出可以让人听到的均匀呼吸。张广青关上门，轻靠门口，先听到里面不停翻身的动静，知道他在找一个舒服的睡姿，夹紧枕头或卷裹被子，然后听到床垫的挤压，是坐起来了。张广青强忍住没推门，先前那个故意让人听到的均匀呼吸也消失了。半小时后他重新出去察看一次，门框下光线锋利，自带寒意。

这情况三番五次出现，张广青确定儿子失眠了，五年级失眠，比自己提前了七年。随之而来的是精神萎靡，成绩迅速下降。接到班主任电话，告知孩子状态不对，听课眼神游离，有两堂主课顾自睡去。班主任小心地揭示她的答案："会不会妈妈的事，孩子走不出来？你多留意孩子。"替儿子关灯容易，可他无法替孩子入睡。这话题很敏感，以自己小时候的体验而言，对于青少年，承认怀念某人，哪怕是父母，也是很没面子的羞于启齿的事情，甚至越思念，表面会越抵触。他迂回暗示过一次："妈妈已经走了，想想她的希望是什么，你更要好好学习，早睡早起，按时练琴，不然怎么对得起她？你总不能让她活着时生气，死了也生气吧？"

发生意外的前一个周日下午，尤薇艳足足训了儿子半个小时，起因是他练琴偷懒，被机构老师评不合格。尤薇艳后来忍不住动手扇脸，张先骏还手推搡，她跟踉跄几步，躺坐沙发。母子冷战几天。现在，儿子再也没机会向妈妈道歉了。思念和懊悔，这是儿子失眠的源头吗？还有不哭，张广青心知肚明，不管在医院、殡仪馆，还是在做五七时，儿子的确没哭。旁人也提醒过："你儿子怎么不哭？"他觉得是孩子从没经历过不幸，心智尚无法处理重大悲伤，一时懵住，哭不出来也正常。这是儿子失眠的另一个源头吗？妈妈死了，他哭不出来。

与同学冲突的后续是各打八十大板，同学向张先骏道歉，他也向两个同学道歉，家长见证。张广青给儿子请了一周假调整状态，带他爬山、看电影。张广青近乎讨好地和儿子交流，谈吴文化、飞碟、电影里

103

恐龙的种类、傅聪练琴的故事。张先骏配合沟通，听他絮叨会儿，漠然地"噢"一声，点点头，像是接听一个不情愿但又不能主动挂掉的电话。这表情还是惹得张广青想开口骂他，但张广青自知上次理亏，尽量控制语气，不带教训。吃牛排时，他认为铺垫成熟，提到有的人难过是面上哭，有的人难过是心里哭，都一样的，难过也好，开心也好，都是自己承受，不用去理会别人的看法。张先骏无动于衷，嚼着牛排，切滑鸡蛋，餐刀嚓嚓划响瓷盘，仿佛听不懂张广青的意思。也许，五年级的孩子本来就应该听不懂。

凌晨两点，张广青看着再不会有人穿的衣物、再不会有人用的卸妆水——当然，说不定以后还会有人穿、有人用——就是这个"说不定"，让他觉得虚无，他又为自己感觉到虚无而欣慰，又想到隔壁在黑暗中睁大眼睛的儿子，不禁悲从中来，他咬住枕头无声大哭。从对家人和自身继而对人类的哀怜中挣扎而出，他头脑恢复平静。问题总要解决。他记起妈妈带他去看过的林阿婆，当时他是三十一岁吧。刚才的悲苦如同大雨，将他的灵魂冲洗了一遍，他对生活暂时具备了近乎窗明几净的洞悉，这简直接近于智慧了：林阿婆应该能帮上忙。不过有一个问题：如果去找林阿婆，就等于承认需要借助现实之外的力量解决了。他再三琢磨，想到最坏的后果、次坏的后果，觉得后果都不大，可以一试。

车上高架后视野开阔，两排路灯如同机场的指引灯，城市全景展示在眼前。亮化工程需要，高楼轮廓都镶上一条光带，仿佛一些巨大电子管。更远的方向，浓重黑幕笼罩四周，世界被关在一个小抽屉里。环城高架行驶半个小时，张广青拐到锡洛公路，烟囱、标准厂房、冷却塔、电塔、物流仓库、铁路依次出现，如果把城市比作一座楼房，现在他正行驶在设备间。张先骏仰头睡着了，肩膀呼应车身的微颤而不时抖动，张广青按低音乐。

二十多年前，张广青走过这条铁路。办完退学手续，他把生活用品送给同学，书籍大多拎去赠给在读书会认识的同系学姐，学姐回赠的手表让他惶恐。他拒绝接受，学姐不容置疑地将表塞进他别着钢笔的衬衫口袋，双目灼灼地鼓励："时间见证我们失去，也将见证我们获得。"金属表带的凉意瞬间入怀，秒针贴牢肌肤走动，也不清楚是由于那块表，还是那句话，他的不安减轻了。造成不安的结果来自未来，临时工、没有工作、长期没有工作、父母的愤怒、远亲近邻的冷眼，但仿佛有更重要的事，至少这一刻，让这些结果变得次要。这更重要的事是什么，他也说不清楚。他们约定每月通信一次。

从北京到无锡，普快行驶二十一个小时，他晚上八点从北京西站出发，隔天傍晚五点可到无锡。非客运高峰期，票还是难买，他加价二十块钱从黄牛手中买到座票。车厢通道旅客或坐或躺，行李当成枕头靠垫，睡熟的那些人，每一张脸上挂满愁苦，还不如醒来，醒来倒更像是休息。睡眠可以调度身体，却无法提供灵魂的缓冲。他必须从他们身上甚至头顶跨过，才能走到车厢尽头的厕所，整个过程提心吊胆，怕不小心踩到某人，或因动作过大引起别人愤怒。他注意到膝旁的瞌睡老头，坐地环抱蛇皮袋，锅碗瓢盆形状突起，戳出两根筷子。老头惊醒，困惑地打量周围，好似突然穿越至此，确认安全后，抱紧蛇皮袋，坚决闭眼，这样才能重回属于他的真实。

张广青憋尿，熬不住了才去。第四趟去厕所，列车已过常州。他低头收束皮带，背还没挺直，听到哗啦轻响，正好捕捉到一弧手表的银影滑入槽孔，竟像活物，逃离的姿态灵动欢畅。他没有戴表习惯，手表塞到书包的衣服里，无聊翻出把玩，看来是之后迷迷糊糊犯困，顺手放裤兜了。他脑袋嗡嗡作响，一片空白，补救般探手抓了两把空气。

下一站是洛社，属于无锡站的四级小站，他提前下车向车站工作人员说明情况。工作人员说，找不到了，找到也摔得稀巴烂。他不死心，问一定要找的话，有什么办法。"往回走，走的时候千万小心，注意看过往火车，不要蠢到为了块表，把命搭进去。我看你长得不算蠢，但细细看还是挺蠢的。"过了口瘾的工作人员指向眼前这条刚刚把他运来的散发着隐隐钢铁腥气的铁路。某节铁轨，反射初秋下午阳光，仿佛一个无法直视的焊点，在他的眼中灼出黑洞。

他沿铁路往回走，锈黄铁轨两旁铺满了碎石，每走一步，脚下就发出细微的坍塌声。他尽可能靠近铁轨，保证枕木低处、枕木铁轨交错带也在视野之内。铁轨上空空荡荡，他索性走到轨道中间，踩着枕木低头寻觅。碎石上有烟头和稀烂的糖果纸。走了一阵，发现撕成两半的脏皮夹子，两张票根。他甚至看到本泡烂的《山海经》杂志。他就这么低头前行，同时不忘前后看看。火车远远驶来，车轮愤怒地敲打铁轨，他快速跑到铁路旁，热腾腾的狂风刮过脸庞，身体在钢铁咆哮中战栗不停。铁路尽头浮沉半轮鲜红夕阳。走得太久，他产生错觉，好像攀爬一架锈迹斑斑的铁梯，越爬越高，接近天空时，夕阳却消失于暗凉暮色，他也往这片漫漶的混沌中深入。于别人的视线，自己是否也算一种消失？走过横林站牌，前面就是常州，两边乡村已被夜晚吞没，除了铁桥被一排路灯照亮，轨道交汇处信号灯旁稍显清晰，其余道路需要辨认才能看清了。他不得不彻底放弃。虫声欢唱，广袤黑色里的微光是遥远的村庄和乡办厂。直到这时，他才意识到把自己带到前所未有的危险处境了。不安席卷而至，他转身狂奔，直到喘不过气，跌跌撞撞地快走一会儿，接着狂奔，背后似乎始终轰鸣着一列想要碾轧他的火车。

他没给学姐写信，学姐也没来过信。读书会同学信中提及，她毕业后留在北京，又去了德国。他们在网上再次相遇，用QQ寒暄了几句工作、婚姻，哪怕是文字交流，有时间思考，仍然无话可说。他跟她说了弄丢手表的事，表示愧疚。对方却完全想不起来曾经送过表给他，问他国内靠谱的奥数训练营，暑假想带孩子回国报班。

儿子在睡觉，张广青看着与公路平行的这条已经荒废的铁路，觉得那块表仍在某个角落，碎了或正常运作，还有一个看不见的年轻人正埋头疾走，黑夜里脚步慌乱。

"还要多久？"车拐入乡路，路况糟糕，张先骏被颠醒了。张广青瞥一眼导航："很快，你急个屁，十分钟就到了。"导航传出嗲嗲女声：前面第一个路口左转，直行两千米。张先骏按下车窗，晨霭涌入，带进野外清冽的土气，父子俩头脑为之一醒。好像已经开到很远很远的地方，其实还在这个城市。路边隐现一顶连一顶灰白大棚，如奔涌的层层波浪，田野传来几声公鸡打鸣，偶尔一两下充满惊疑的狗吠。如没面对过凌晨四点的城市，张先骏同样没面对过凌晨五点的乡镇，有那么一瞬间，他竟生起类似秋游的兴奋。

导航提示已到达目的地。张广青靠村口牌坊停好车，再打开手机导航输门牌号，凭借隐约记忆，和儿子一前一后向深处走去。灰白民居分布在道路两旁，表情黯淡像做旧的电影布景。应该是前面一户了，空地停着三四辆车，影影绰绰几撮人。门口有人缓步迎来，是一个穿唐装的瘦高个中年人，他问他们名字，语气毫不客气，仿佛老师点名。查看手机后，告诉他们排在第五，起码要等一个半小时，到时会喊号。这人也不多话，说完又回到门口站立，好像张广青看到的是幻觉，他从来就没动过。

排队在前面的，全家都来了，四人并排，一对老夫妻和一对相拥的年轻人，小伙子在一身黑衣黑裙的女孩耳边低语。听到了一些，老夫妻转头注视着他们，老头把手搭在小伙子肩上，像鼓励，又像给他安慰。隔几米距离，一个戴鸭舌帽的中年人靠墙半蹲，吸烟不用手，叼嘴里，像咬着根吸管，腮帮一鼓一瘪，持久地吞咽。从他圆肩、弯背、啤酒肚，以及满地烟头看出，他不在乎什么健康形象，可他又穿洋气的背带裤。他飞快划动手机，这局游戏，他不想输。紧挨他

109

的瘦小老太，戴蓝花布头巾，脸如陈皮，她摸出个鸡蛋，剥掉壳，愁眉苦脸地劝他吃，他不接，她也不收回，来回胶着。一个绿头发少女背靠槐树，斜挎军绿旅行包，亮紫漆皮短外套印着"苏荷之恋"。她最多十七八岁，却满脸浓妆，腿细而直，脚踝处文着蝎子，眼睛埋入黑蓝的眼影。她看向这里，仿佛与张广青形成了对视。一家三口站在车旁，小孩坐妈妈怀中吃着手指，得意地摇头晃脑。车牌苏C、苏A，还有浙B，显然是慕名远道而来的。张广青张望他们，张先骏却对陌生人不感兴趣，他凝视村路后的田野，菜地井然有序，浓绿灰绿色泽各异，呈现出平等而丰富的美。地平线浮沉几缕玫红天蓝的流光，一群白点从灰茫大地飞出，融入天空，那些心脏般的垂云，贴地面更近了，他有点失落，他不知道这种鸟的名字。

门开一边，挤出连续咳嗽声，穿唐装的瘦高个仿佛能听懂这个咳嗽，悠长地喊话："请刘建国家属入宅。"先做了个"请"的手势，他侧身走进黑木铜环门内，那一家四口跟了进去。门无声关上。

上次来好像也是早上，张广青记不清楚了。他吃"百优解"不见效，越来越少和人说话，几天说不到一句，被妈妈硬拉到黄溪村。林大仙的盛名，妈妈从几位下岗同事那里得知，她们提及时神情激动，这种完全信任的表情，生长在她们年轻时。她比她们更加激动，孩子的精气神漏了，心悸、失眠、多梦、健忘、困倦、惊惶，试过多种中西药，无论如何，相比医院精神科，林大仙传闻的能力与价格更实惠。关亡时，林阿婆和张广青几次问答，彼此吓了对方一跳。张广青迷惑于大仙话语漏洞，不知如何骗到这么多事主，原以为需要熟读相书兼具心理学才能经营这等超现实业务，没想到几句就能引起自己怀疑。林阿婆吃惊于她关亡遇到过关父母、关祖父母、关外公外婆、关儿女孙辈，甚至关宠物狗猫的，但第一次遇到关同学和关老师的，又非情侣，这怎么个关法？再说了，同学和老师关你屁事。她迂回试探，偶出几言，也不知是否切中要害。出门后，妈妈问他准不准。他说挺准的。"那解决方法有用吗？""可以试试，我好朋友是在南方，名字真的带五行之火和水。"妈妈笑得舒心，她尝试了一次用古老的信仰来解决儿子的病，果然管用。一个原因，他不忍妈妈为自己焦虑；另一个原因，哪怕知道林阿婆在胡说，但他确认获得了轻松，这可能与他看破而不说破有关，智力优越感油然而生——他亲历了人们如何解决现实挣扎的过程。问题是，这些他们还在解决，以他们的保留了千百年的方式，而他的那些他们，早就已经放弃了。

鸟鸣轻盈，凉风慢摇树梢，没发出任何声响。张广青关照儿子："你冷的话把帽子拉出来。"这句话张先骏接受了，他套上卫衣帽子。世界的像素在变高，樟树叶子青绿，槐树叶子深黄，草叶慢慢亮出露水。门又开启，一家四口走出。老妻和儿子（女婿）扶着媳妇（女儿），她哭肿了眼睛，脚步绵软蹒跚，脱力了似的。穿背带裤的中年人放下手机，毫不客气地问："怎么样？准不准？准不准？"无人理会。瘦高个送他们上车，不紧不慢回到门前，喊："请张金荣家属入宅。"瘦小老太太整整衣服，领着因失了面子而唠叨的中年人进去。

"呜呜呜"几声，一辆电动车开来，穿保安服的老头把着龙头目不斜视，车篓里几根脏萝卜，随弹跳抖下泥渣。想必他对这些关亡的人见怪不怪了。电动车自带的喇叭正播新闻：2011年10月31日，全球人口突破70亿大关，预计到2050年，这一数字将来到100亿……张广青重复道："突破70亿大关，我上高中时才50亿，人口增长得真快。"张先骏说："这有什么奇怪的？人就是地球的脂肪，地球已经是中年，它发福了。"他的这句话让张广青愣了愣，这和儿子平时的表述不太一样，显得挺有思考的。

那对母子出来后，不停地说话，都有指责埋怨对方之意。老太太叹气："叫你听话你不听，早被你爸爸料到了吧！"中年男子说："爸爸明明是怪你自作主张，你难道听不出来吗？那套房你要分成三份，给妹妹一份，给她管什么用？爸爸的意思是我来做主，家和万事兴，我当家，我来想办法和，不分房，我可以给妹妹钱啊，总之不会让她吃亏。"他语速极快，老太太接不上话。中年男子说："他住得太挤，回去我们先烧两间别墅给他。"老太太不停地点头。

瘦高个清清嗓子，喊："请陈涛家属入宅。"绿头发少女过来对他说了几句，瘦高个表情错愕，张广青听到他绕来绕去的回话，大意是不退钱之类。她转身离开，手插裤袋，下巴微抬，短皮靴踩响水泥路，面容颓废，嘴角却挂着睥睨生活的冷嘲，吸引了张广青和张先骏。仿佛担心这瞬间的私密欣赏曝光，父子俩同时瞥向对方，张广青觉得不好意思，眼神滑至高处。阳台堆满旧棉被、断腿藤椅、马桶、破电视机之类，一顶摇摇欲坠的铁鸟笼悬靠扶栏，关着淡黄阳光。等到一家三口出来，已近七点。孩子趴妈妈肩头沉睡，冒升浓重香烛味。小夫妻低语几句，丈夫面露难色："给儿子的衣服和奶粉怎么烧呢？衣服买真的，还是做纸的？奶粉？烧奶粉包装盒吗？"又来了几拨人。排队的仪式感，瘦高个的苍白脸色和黑绸唐装，即将面对的未知，这些都加深了张先骏的紧张，他进门时贴在爸爸身后。

客堂不大，没开灯，窗帘拉满了，靠供桌的三根烛火照明，烟气弥漫萦绕。客堂中间一只搪瓷脸盆，锡箔尚存余温，一边融化一边明亮。林阿婆端坐供桌旁的太师椅，膝边站匹纸马，如受香火供养的神像，不太像真人。看到他们进来，她不带感情地说："来了啊。东西带了吧？先摆上来。"张广青认真打量她，疑惑多年未见，她倒是老样子，也可能从没看清过她，才有如此体会。"摆在哪里？""摆到香炉前面。"供桌上有盘塑料苹果、云片糕和一碗清水，他打开拎包，一样样拿出妻子的东西，放上供桌，口红、袜子、腰带、保温杯、一双棉拖鞋。"对了，骏骏，你把信给我。""什么信？"张先骏显然还在适应这恐怖电影里才有的环境。"你写给妈妈的信。"张先骏回过神来，从夹克内袋掏出折成鸽状的信纸，递给爸爸。林阿婆颤巍巍离座，两指伸进碗里，画龙点睛般蘸水轻按张广青带来的东西。依次按过，她点一支香，擎过头顶拜拜，插入香炉，颇具威严地盯着父子俩："你们谁先跟尤薇艳交流。""骏骏，你先来。"张广青交代完几句，隐入墙角的阴影，让儿子独自面对林阿婆。林阿婆伸指轻弹张先骏额头，凉意沁他心脾。她从桌底摸出袋纸元宝，掏只打火机给他："先给妈妈烧点买路钱。"张先骏将整袋纸元宝倒进脸盆，半蹲屈身点纸。林阿婆提醒："要跪的。"张先骏"噢"了声，双膝跪下。耳中"嗡"一声，火光张牙舞爪像动画片里的鬼魂。眼前瞬间变亮，张先骏看清了客堂的布局和林阿婆，纸马没有眼睛，她的脸像布满霉斑的落叶，双腮涂红，白发梳得缕缕分明，别支琳琅金簪。热浪扑面，满屋灰絮飞扬。他膝盖没动，上身往后退避，形成瞻仰的姿势。

林阿婆坐回太师椅，语速极快地念词，像猫腹咕噜声，嗓门突然拉高，用与之前不同的尖利腔调说："骏骏，姆妈想倷的，最近天冷了，倷出门要多穿点衣裳啊！"这不是妈妈的声音，但属于年轻女性，而且她和妈妈一样，苏州口音。张先骏悚然站起，侧头寻找爸爸所在，墙边暗处，张广青面孔阴晴不定，指指嘴巴，示意他回话。张先骏回复"姆妈"："我知道了。"轻得好像害怕她听见。"倷最近成绩怎么退步了？几次周考都没考好，语文要用点心，姆妈在下面替倷急，困不好。"张先骏告诉自己要镇定：她在装神弄鬼，肯定是瞎猜的，成绩容易推断，要么好，要么不好，我要是成绩好，爸爸不会带我来的。他说："我会好好复习的。""好好复习，好好复习，倷只会嘴上讲，现在姆妈也没办法监督倷了，倷要自觉，否要做青肚皮猢狲！""好的，我肯定自觉。"来回几句，他忽然觉得，这个"姆妈"很好敷衍，恐惧稍有减轻。"对了，姆妈帮倷买的书看了吗？"张先骏警惕起来："什么书？""'国际大奖丛书'，《文化苦旅》，还有《海底两万里》，姆妈猜和以前一样，买了就堆书架，半年也不翻。""我看的，《海底两万里》看到一半了。"怎么真的知道？！张先骏听到心怦怦乱跳。一件事开始怀疑真假时，已经有小部分相信了，这怀疑小心翼翼，又不受控制地迅速蓬勃。"骏骏，侬看书看一半是个坏习惯，前面《水浒传》《西游记》都没看完。做事情要有始有终，姆妈说过侬多少次了。五年级，马上小升初了，要拎拎清爽！"张先骏再次侧头：这些话爸爸都听到了吧，怎么没反应？他不紧张吗？爸爸不说话，静静地看着他，表情些许陌生。也可能因为视线昏暗，一切都变得陌生，香炉旁的保温杯、口红、信，像是别人的东西。难道他没听到？张先骏眼下不确定爸爸是否听到"姆妈"的话。我进入特定的空间了吗？只属于我的，与外界隔绝的听觉？他更不敢动了，生怕一动，一切化为泡影。像梦中考了满分，电光石火间猜测是虚构，可兴奋是真的、紧张是真的，只要不醒，和真实体验区别不大，所以这略带惊疑的幸福也是真的。"侬要听进去，不要左耳朵进，右耳朵出！""我《西游记》已经看完了，《水浒传》后面写得差，我讨厌他们去打方腊征辽国。"张先骏着急"姆妈"的错怪，忍不住回嘴。连续数落他的"姆妈"咳嗽几声，默然许久，没再纠结张先骏的阅读习惯，交代起其他事。"姆妈还是想侬把钢琴

116

继续学下去，起码考完十级，倷晓得为啥？"对前面的发问，张先骏的应答有应付、戒备，还有冲动，但目前他开始琢磨她这句话的意思了。钢琴十级过关，是母子近一年对立的主要导火线，因其反复，争吵历历在目。他努力找另外的答案，找不到，只好略带遗憾地说："你以前说过，同学们好几个都过十级了，我不争气，家长群里你最没面子。"看得出儿子钢琴考级对妈妈实属重大，她黯然起身，张先骏以为她要靠近，不自觉退后一步。他还没准备好她真的和妈妈有关。她并未迈步，只是立在原地。现在，她是需要距离去感受和想象的妈妈，张先骏担心靠得太近，这个模糊的妈妈会有变化，变成林阿婆还好，万一变成其他什么呢？"姆妈是说过气话。倷想想，会弹琴，就多一个永远陪倷的朋友。以后不开心弹弹，开心也可以弹弹，多好。倷对它多用心，它就陪倷多久。姆妈其实是帮倷轧朋友，倷朋友少，但钢琴一个可以顶十个呢。现在让姆妈说中了，它比姆妈陪倷的时间要长吧。"大门隔绝了户外动静，光从窗帘四周空隙放射，给它镶了银边，闪亮的灰尘涌动翻滚。藏青色布被照成半透明质地，有微渺的事物从外面轻拱，布面愈来愈薄，吹弹欲破。这场景似曾相识，一部电影，女鬼不能见光，退缩茅屋角落，红日已然高升，书生拼命抱破木板去挡窗口。一堆竹简大小的木板，窗口那么大，怎么挡得住呢？书生一点办法没有，只好用背去挡，窗口那么大，怎么挡得住呢？书生声声绝望的呼喊里，她正在一片片灰飞烟灭。室内可见度提升了，桌前青烟袅袅，洋溢千姿百态，身边曼旋纸钱黑屑，张先骏更觉玄幻。"对了，骏骏，上次姆妈打侬，懊恼得很，别往心里去，姆妈当时太急了，侬啊晓得，过后姆妈特别想道歉，就是不好意思，大人也会不好意思的啊。唉，啥人晓得后来会发生那个事，本来以为再也没机会了，这次能上来看看侬哩，真要谢谢林大仙。广青，等会儿替我多谢几声林大仙。""好的，你放心。"张广青在儿子身后回应。"姆妈"的道歉使张先骏不知所措，像做错事挨了训，头更低了。那天的事她都记得，确凿无疑，我在和妈妈的鬼魂交流。我已经对她说了一万次"对不起"了，每天一百次，几个月过去，肯定满一万次了，要可以当面说句"对不起"，少活十年、二十年也愿意，可现在面对面，我怎么说不出来？应该是我说道歉，我怎么说不出来？这时他发现，面对妈妈的鬼魂，自己的紧张和狼狈，等于面对妈妈。"你，你在那边还好吗？"张先骏问得生分，甚至害羞。"挺好的，阴间和阳间差不多，都是过日子，姆妈刚来，慢慢适应。""那你头还疼吗？好点了吗？""害姆妈的病叫脑溢血，不疼，现在已经好了。"锡箔燃烧殆尽，蜷曲的元宝如朵朵黑玫瑰，不像烧给妈妈的钱，像烧给妈妈的花。妈妈拿到花，比拿到钱要更开心吧。他当然没说这些话，可也没其他话讲。"想姆妈的话，就给姆妈逢节烧烧纸、生日上上香。知道姆妈生日是几号吗？""知道的，阳历五月十五号。逢节是什么节？""清明节、七月半、中秋节、过年、地藏王菩萨生日、寒衣节。"张先骏记在心里，前几个节日他都知道，后两个陌生，他不好意思问，打算回去自己查。"辰光差不多哉，骏骏，姆妈再跟爸爸交代几句……慢点慢点……""姆妈"又想起什么，自责地轻拍膝盖，"差点把最重要的事忘了！侬以后不要跟同学吵架，男子汉，动手没出息，记住了吗？""好的，我记住了。"是他们先说我坏话的。他想告诉"姆妈"打架原因，犹豫了会儿，还是没开口。"姆妈"却听到了他心里想的。"侬不会哭又没关系，难受在心里，等于哭在心里，这些姆妈都知道的，他们不懂，不能理解，他们还是小孩，但侬不是了，姆妈不在，侬是半个大人了，大人不要和小孩计较。"

又一阵没人说话。他站在有妈妈的寂静中，对世界不再防御，体内最柔软处，一根紧张的弹簧终于松懈，再以慢镜头收回复原。他想一屁股坐地上，最好躺平。这样的寂静能带走就好了，以后难过时、睡不着时再走进去。妈妈爸爸在寂静中低语，就像他们在卧室说话，说什么不重要，只要说就可以了。在这祥和安宁的背景音中，疲惫感愈强，他扼制住打呵欠的念头。他按照林阿婆的要求，完成最后的仪式。鸽子在火光中飞翔了一秒，垂首拢翅，很快化为黑烟，几支灰羽飘浮，优雅如雪花降落。

外面世界与来时有所不同，不仅更加敞亮，也更加深邃。那些等待关亡的人，贴在地面的身影形成入口。爸爸脚下也有，随他移动。

父子俩沿田埂慢走，面容有淡淡疲惫。张广青特地没马上返回，带儿子走走菜田。散落心底的虫鸣，轻薄的水杉，各种喊得出名字的菜、小野花和落叶，废弃的抽水机……他们被漫无边际的温柔包围，心存默契地脚步一致。如果从牌坊处往前看，慢慢靠拢的他们，仿佛两个长途跋涉归来的游子。

张先骏若有所思地踢踢石子，捡了几粒银杏果又扔掉。他对爸爸说："我肚子饿扁了。"张广青听他说得可怜，回道："饿不死你，附近街上有羊汤店，我们喝羊汤去。"

他觉得自己做对了，关亡效果不错，儿子多少释怀了，至于怎么解释，留给以后吧。其实他已经想好一套说辞应付儿子的质疑了，总之往科学上引，比如量子纠缠、信息残留、意识传递什么的，无非承认现实之外有更多的现实。会有一天，也许高中，也许大学，哪怕他不说，儿子也能明白过来。但不是现在。如果儿子说漏嘴，他能想象那些家长会怎么议论他这个爸爸。"骏骏，今天的事要保密，不然同学们会说你迷信的。""我知道。我又不傻。他们算什么？我凭什么和他们说？"

打开天窗，凉风掠过额前，一辆满身污泥的中巴车超过。郊区早高峰路况复杂，他放慢车速，告诉儿子今天的安排：等会儿早饭结束，回去先补个觉，中午万象城吃牛排，下午逛书店，奶奶家吃晚饭。她准备了你最爱吃的藕粉酒酿圆子和糟毛豆。晚上早点睡觉，养足精神，明天归队。"我没问题，下午也可以直接去上课的。"张先骏翻开漫画书。"今天我们放松，学校明天去。车上别看书啊，眼睛看瞎掉。""好的。"张先骏答应着，眼睛却没离开书。他将漫画书捧高，挡住自己的脸。张广青后视镜看得分明，被他的心不在焉弄得恼火，刚想骂，又记起什么，苦笑着摇了摇头：反正后面时间还长……

他想起给林阿婆打的那通长电话，整整一个小时，难为她记了那么多。林阿婆才是"灵魂的工程师"啊，有些，只能算"灵魂的拆迁队"或"灵魂的装修工"。想到这里，张广青自觉形容准确，满意地摁高一格音乐。张先骏始终把脸藏在《幽游白书》后面，想着：

好久没人跟我讲苏州话了，好久没听到苏州话了，以后身边再也不会有人讲苏州话了。

窗外灯

想着小区垃圾桶中那窝拳头大的奶猫，许荣生睡不踏实。附近又在修路,挖掘机掏地的震动绵绵不断，中间停了会儿，估计司机抽烟去了。窗帘后漏出几声轻细的鸟叫，好像有人在小声说话。他起床后看了下座钟，下午两点刚过。阴天。小区路旁，三个小学生拍皮球，球弹来弹去，调皮地击打着水泥地面。花坛那边，社区工作人员正在换公告栏里的宣传画，一人站在凳子上，另一人扶牢，凳子上那人把头伸进一簇低垂的樟树叶。

沁园新村是八十年代末建的。许荣生对比过，在市区，这里的租金算便宜的，这个横套每月一千八。这里离自己的回迁房也近。回迁房位置不如沁园新村，优点是新，有电梯，有专门的物业。借出回迁房时他也犹豫，但赵金兰之前从没和他开口要过什么，他不忍心拒绝。他想了三天，下定决心，等着赵金兰再开口，他就同意。可她不再提了，如常一起买菜，一起去医院上班，洗衣做饭，看电视、嗑瓜子，当从没说过。倒是赵金兰的儿子赵小军发过给他两次微信，隆重地称他"荣生伯伯"，对他各种感谢，说等自己的婚礼办了，想看着母亲办婚礼，又说把母亲托付给他，自己放心。他不想僵持下去，主动跟赵金兰提起。赵金兰长叹一声，搭住他手臂说："小军用新房子结个婚，也是为个面子，租房结婚传出去不好听。等过两年他手头有钱买房了，我们再搬回去住。反正房产证是你的名字。这期间我们在外租房的钱，我来出。"许荣生自然不好意思全让她出，请客抢单一样来回几番，最后说好一人一半。

老小区不隔音，平时晚饭后，底楼的小孩练二胡；四楼的看新闻联播；顶楼的夫妻吵架，碗盆哐当扔进池子，凳子蹾地；隔壁的在家里安了个跑步机，跑起来"唰唰"响个不停，像在车床上磨零件……这些声音从四面八方包围他们。赵金兰嫌太闹了，提出等明年换个地方。他没作声。这里租户多，上下也不认识，见面最多点点头，他很享受这种陌生感。这些声音，又让他觉得自己是其中的一分子。不远不近，挺好。

他在弄堂住了五十年，搬进回迁房又住了两年，被远亲近邻背后指点了二十年。他们或许能忘掉国家大事，或许连以前上班的厂名都记不清了，其中有两个还中过风，更是老得连自己的名字都忘了，但对他的事却如数家珍。他不能忍受又只好忍受的是整整两代小孩，不做作业或调皮闹事了，大人训斥："你再不好好学习，就只能跟许刚一样，长大了做枪毙鬼。"另外，仿佛是种提醒，每隔些日子，特别是有人家娶媳嫁女这种集体的热闹，无法推辞的时候，他总能隐约听到一两句："喏，他就是那个枪毙鬼的爷爷。十九岁就枪毙了。你知道为什么枪毙吗？我来讲给你听啊……"

这两年他终于安生了。

四点左右，他做好夜班吃的饭菜，扛车下楼。天地忽然大放光明，焕然一新，假山是太湖石垒的，社区办公室是座爬满青藤的二层红砖小楼，夹道樟树，横竖井然，棵棵苍劲挺拔，顶端的叶丛色泽均匀，同时闪动又同时安静。每一样事物都完整地展现在他的面前，他穿行在这些明净的事物之间，时间又回到了体内。

垃圾桶也像是擦过的，绿壳微微透明。桶里垒有几只咸鸭蛋盒，一只踩扁的粽篓。昨晚那窝奶猫消失了。保洁挥动扫把，竹枝在地面犁出灰痕，一排又一排的，很整齐。他问她见到那几只小猫没。保洁摇摇头，抱怨小区里猫实在太多了："估计被母猫衔走藏起来了，要么就是被人逮去做羊肉串了。"那些奶猫即使还在垃圾桶里，他也不会养。他知道自己的牵挂不派用场，他也懒得为牵挂去做些什么，可还是希望它们在。

来到医院，进急救中心门时，正好推进来一位新病人。跟车的护工和家属手忙脚乱地把病人抬上靠门处的床位，护士迅速拉起隔断帘。他没看清病人是男是女。

赵金兰坐在九床病人的床头。九床的输液瓶还有一半，透明的水滴缓慢地掉落。九床白发凌乱，额头搭着块毛巾，嘴唇抿得紧紧的，嘴角流下长长的涎水，赵金兰拿餐巾去拭。床头柜子上有两袋麦片、一袋拆开的藕粉、一袋小面包，是家属昨天拿过来的。

赵金兰见许荣生来了，站起来，凳子让给他坐。"不用，站一会儿。"她也不坐了，做几个扩胸，干脆利落地说："晚上还是昨天的九床、十床。刚刚接了十一床，家属这会儿还在。十床还有两瓶水，家属去吃晚饭了。九床一个钟头前插了导尿管，你过会儿留意下尿袋。"

许荣生放下饭盒，拎起被子一角，吊在床尾的尿袋，底部浅浅积了些尿液。再望望十床，滴的那瓶是满的。他轻拍赵金兰肩两下："你回去吧。菜放进保鲜盒了。今天弄了脚圈汤。"

"回去也没事，我陪你会儿。"

"要你陪干吗？赶紧回去休息。对了，你路上顺便买包干蹄筋和木耳，我端午多做两个菜。"

"好的。秦海生自己来，还是一家子来？"

许荣生眯眼低头，迟迟不确定，说："记得他在电话里说是要带老婆孩子的。"

赵金兰领他到十一床，对着一个满脸木然的中年女人说："这是我家男的，老许，晚上他值班。"

女人点点头："老许师傅，拜托你了。"语带哽咽。

十一床病人是个干瘦老头，脖子深凹，喉结下可以塞入一个拳头。他神志半醒，一直在喊热，不停地掀被子，枯竭的上半身贴了心脏监测仪的电极片。床边两个五十上下的男人担心他扯开电线或弄歪手背的针头，不时去按他胳膊。按着按着，眉毛稀疏、戴眼镜的男人没忍住脾气，骂道："老家伙，你不要害人，早点死掉算了。"另一个威胁说："爸爸，你又不听话了。我们三个也年纪不小了，经不起你折腾。你就歇歇吧，不然我们现在就走。"

许荣生把赵金兰拉到一旁，低声问："是什么病？"

"胃癌晚期。子女跟他讲是心脏不好。在家躺半年了。"赵金兰收拾着头盔、口罩，又塞给许荣生一瓶娃哈哈。

一个护士急匆匆走过，喊十床家属过去签字。

127

许荣生说："家属去吃晚饭了。"

"怎么一个家属都不在？"护士个子不高，眼睛特别大，布满血丝。

许荣生替十床家属抱歉："家属回来了我跟他们讲。"

年纪真上去了，他做护工半年了，一个护士的名字都没记住。长头发的，短头发的，戴眼镜的，不戴眼镜的，只能从胸口的牌子分辨实习生和正式工。这种糊里糊涂让他觉得自己与急救中心无关，有种故意保持距离，得以置身事外的超脱。

他尽量不去关注那些抢救，也尽量不去听病人的哀号和呻吟，除了他和赵金兰负责的床位。他不敢想象自己某天变成这样，虽然他知道大概率会变成这样。命中注定的画面一闪而过，他已经可以做到不让它们停留。自己到这一天，身边会是谁？赵金兰？不确定。赵小军就更不确定了。他们也许会陪几天，堂弟、堂妹也会陪几天，临终关怀那种。他偶尔赌气地想，孤家寡人挺好，他也不需要太多地关心别人。

急救中心的时间像是固定在了白天，亮到纤毫毕现，不留死角，仿佛更高等文明创造的一处特别的空间，人一进来，别人看你，只是一具身体了。他好几次在这里碰到过认识的人，原先的同事、同学、邻居，现在是病人或家属。这种情况下的寒暄对方会觉得不自在。他习惯了。对他来说，一种身份的障碍消失了，双方好像退回到了同一起跑线。他们知道他在这里做护工后，会专门指定他照看，认识的人总是要放心些。他也一样照看着，还是那些事，还是那些话，陪着叹息命运，感慨生老病死，像在反复背电视剧里的台词，也像在念阿弥陀佛，平静极了。

顶灯发出轻微的嗡嗡声，监测仪循环的嘟声长音，哪床惊响的警报声，除颤机砰砰的起伏声，护士奔跑的脚步声，医生和家属的小声说话……他听着这些声音很踏实。一种认命般的踏实。这些声音和租房小区里的声音都在生活之中，可此时的声音更为符合他长期以来的心情，有接近终点的安定。他不懂什么虚无感，他的生活中没出现过这个词，他只是觉得没劲，脑子有点轻，身体也跟着轻，可能夜班上多了，但他挺适应的。以前，轻得感觉不到身体的时候更多，认识赵金兰后才缓过来。她开朗，心不粗，做事手脚快，也算体贴，就是嘴凶，恍惚有几分亡妻的影子，害得他常常喊错名字，赵金兰也不生气。

他有退休工资，本不需要到这里做工，赵金兰硬拉他来的。她说人老了不能闲着，特别是他这样心里有过疙瘩的，老是在家闲着，这块疙瘩就会结块，一定要到外面去，动起来，就当是锻炼身体。他倒不怕白天辛苦，但没想到要熬夜，就算和赵金兰轮着熬，

129

他身体也吃不消。他决定做到今年底，就无论如何都不做了。他知道赵金兰要给赵小军存钱，她肯定还得在外面做，那也要劝她换个工作，哪怕收入低一点。她也快六十了，不能再熬夜。他决定来承担房租的大头。

他给九床和十床分别换了一次尿袋。

九床不吭声，喂东西也不吃，许荣生给他擦脸，他就盯着许荣生看，然后同样好奇地盯着儿子，盯向周围，对这一切深感困惑，继而深感疲惫地垂下眼皮。今天是二儿子陪，他坐在床边用手机下围棋，侧身让许荣生拿坐盆，像个火车乘客让开推车的乘务员。

十床家属十点出头回去的，走时叮嘱他一个小时翻次身。十床屁股两侧已有两片硬币大小的红斑，这是早期压疮。许荣生给四期压疮的病人换过药，皮肉溃烂如陨石坑，骨头隐约可见。他上次听医生讲过，如果不注意，从早期到四期，发展会很快。"很快"两个字在他心里驻下，挥之不去。经常有这些与他无关的话从脑子里跳出来，闪过一次就不会忘了，好像是世界通过某人的嘴，专门提醒他听的。

十床是脑梗引起的偏瘫，有意识，吞咽困难，原先能说话，在家里躺了三个月，两天前忽然说不出话了，瞪着眼流泪。检查出来还和以前一样，但家属认为肯定不一样，以前能说话，现在不能说话了。病房也没床位，只好暂时留在这里观察。

十床四十岁，独身，母亲过世了，家属是七十二岁的老父。许荣生推他儿子去做检查时，他抓着报告单在人群中跑前跑后。许荣生算了算，许刚如果不出事，今年也是四十。如果有机会在自己和十床父亲的两种命运中选的话，自己选哪种？情愿许刚在二十岁时判死刑，还是在四十时脑梗？他努力不去想，这不道德。九床有两个儿子，换不换？这次他用自己的人生换，他用目前的健康换九床的肝癌晚期，换两个儿子，两个儿子在他的人生中顺利地成长，换不换？他发明了这种替换游戏，以此打发时间，但他早就知道，不管怎么选，他都无法回避殊途同归的感觉。

十一床暂时没什么要做的，他就在十床一侧坐着，如果有事，几头都能顾上。闲下翻看微信，才发现秦海生留了言，说端午有其他安排，推不掉，不过来了，等有空了再来看他。许荣生一阵失落，随后感到如释重负，自己都不需要解释，明天直接把这条消息给赵金兰看就行了。

秦海生每年会来看他一次或两次。单位里发的福利多了，给他拿些过来。有时是路过想起，给他打个电话，人在家，就进来坐坐，喝杯茶聊几句，放下两包烟就走，从没留下吃饭。许荣生不抽烟，再三推辞，秦海生说："你留着办事用。"

许荣生想起秦海生第二次上门，与第一次间隔一年，自己和老婆都没认出来。看到秦海生手里拎的大包小包，怀疑对方走错门。认出他来后，更加怀疑，甚至有些忐忑，端茶说话都谨慎小心。老婆白事那两天，秦海生也过来帮忙，别人问是谁，他没办法介绍，愣了会儿，还是秦海生反应快："许叔前同事的孩子。"

许荣生本来不擅长拒绝人，他清楚秦海生表达的是好意，何况人家也不是常来。第一次来了后，以为不会再见，没想到来了第二次。第二次也是想着以后不会再见，觉得这孩子不错，略有失落，没想到隔一年又来。起初，许荣生觉得古怪，后来轻微不适，再后来就顺其自然了。这都快二十年了，每年听到一两次带陕西口音的"许叔、许叔"，他有亲切感。他清楚地知道，这种亲切感可能是自己放大出来的。但是，能放大，至少说明不是无中生有的。

秦海生去年没上门，许荣生没好意思问，牵挂时，会去翻秦海生的朋友圈，看他正常更新，风景图、感悟、一些政策通知，还有转发的政府公众号推文，心里踏实多了。他年底想发条拜年微信给秦海生，拟了几句，感觉写得不妥当，想用别人发的，又觉得难以表现诚意，想来想去，复制了别人的，自己再加了几句，又添了很多"福"，候到零点发过去。秦海生第二天回了消息：许叔，也祝您新年快乐，身体健康。字少，但不是复制的，许荣生感到欣慰。

许荣生对赵金兰翻他微信的习惯并不反感，只觉好笑，一把年纪了还这么紧张。赵金兰得知他认识秦海生这个报社副社长后，奇怪他怎么认识的，几次问许荣生，许荣生都守口如瓶。赵金兰大不以为然，故意使脸色，说："认识个报社的人有什么了不起的？我本家，算起来是堂弟，离我家就二十米，还是副市长呢。"许荣生笑笑，不接话。"我那个本家副市长，电视里天天见，顶个屁用，帮不到忙的。认识再多人也没用。"许荣生还是笑笑，不接话。

这次情况有变，赵金兰一本正经地请他帮忙，和上次借房子一样语气慎重。她想请秦海生给赵小军介绍个工作。"小夫妻两个都闲在家中，不是个事情。要求不高，月收入四千左右就可以。"许荣生还是不接话。

赵金兰见他沉默，以为他在为难，又说："你就跟秦海生开个口吧，我只有这么一个心事。小军工作稳了，随他们去折腾，以后我们只管我们自己。"

许荣生坦诚地告诉她："我和秦海生认识时间是长，可没什么交情。"

赵金兰说："我们请他到家里吃个饭，只提一下，他不接口就算了，你看这样行吗？"

许荣生皱着眉头发了微信过去。他情愿秦海生拒绝，情愿在赵金兰这里失了面子，省得麻烦。没料到秦海生随即回电："许叔，去年没去看你，这次本就准备去的，端午我跟老婆孩子一起过去。吃饭就别麻烦了，到外面吃，我来请。"许荣生说："在家里吃，我来下厨。"

赵金兰喜不自胜："你还骗我，还说没交情。你们到底怎么认识的？"

许荣生苦笑，扯开话题，赵金兰又问回来，他只好瞎说："很多年前，我刚下岗时，在酒店当清洁工，捡到过他的钱包，拾金不昧，还给他了。"

赵金兰认真端详许荣生，说："你不偷不抢我信，拾金不昧，我不信。"

凌晨两点，急救中心推进来一个喝醉酒的中年人，头破血流，眼镜片摔碎了，镜架歪斜在鼻梁上，衣领上全是泥水。护士给他包扎，他坐在担架上，两手撑膝，挺起身子，仰面抽泣。

许荣生坐在病床边，低着头翻看微信。除了他订阅的"老年健康"和"知青阵地"的推送，另有四条消息，都是一个陌生头像发的，头像是个女明星，微信名是"a我爱周冬雨"。许荣生纳闷，实在想不起什么时候加过这人。

——许师傅，您好，在吗？

——许师傅，您现在方便语音通话吗？

——许师傅，我这里有一个好消息告诉您。

——许师傅，我是易租网小曹，您的房租快到期了，我们公司为回馈租期满两年的老租户，推出预付半年赠送一月，预付一年赠三个月，活动后天就截止了，您的租期还没满，但我给您争取到了一个名额，你尽快回复我一下。

他想起来了，这是给他办租房手续的业务员，一个小伙子，大扁脸，戴副眼镜，挺憨厚的，个子不高，显得敦实，几次都穿一件黑色的中华立领。小曹和他亡妻同乡，看着亲切，去中介两次，他就在小曹手上办了手续。他记得小曹原先的微信名是"a我是贱人"。他弄不明白小曹取微信名的想法。

许荣生回复：谢谢你，我知道了。对方秒回一大串文字。这小伙子怎么还没睡？他想起自己刚进焦化厂时，分配在备煤车间，想着设备维护保养的流程，担心做漏了哪个环节，也是整夜睡不着。

他等十一床换完盐水，坐下来认真看小曹的消息。

——许叔，说句实话，之所以给您争取这个活动指标，我也是有私心的。我们做业务员有提成，这个活动完成，我有300元提成，到时我把这300元返回您。

主要原因是，我们业绩考核很严，我两个月没完成了，这个月再不完成，公司就要开掉我。我想冲一下业绩。感谢许叔，其他什么都不说了，我小曹记在心里。您看明天什么时候碰头？

小曹不说这些，许荣生也打算预付，半年和一年他没想好，他想趁这个优惠活动先交了，省得赵金兰再提出换地方，搬来搬去太折腾人。现在还能顺便帮这年轻人一把，一举两得。提成返还的好处倒是第二位的，能开诚布公，说明这小伙子人还算实在。钱当然要，最多请他吃个饭。

早上，十一床来了好几个探望的亲戚，年纪也都不小了，满目茫然。两个儿子迎上前握手寒暄，聊十一床的病情。他们先后靠到床前用家乡话喊"叔叔"、喊"叔公"、喊大名，十一床就是不搭理，把头斜侧到另一边。

其中一个烫了蓬蓬头、发染棕色的五十朝上的女人，很快适应了氛围，说话声音开始响亮，她反复向两个儿子打听病情细节，神色肃然如警察审问。戴眼镜的那个儿子先受不了了，不再搭话。脾气好点的那个，反复应对她同一个问题："你们说说看你们爸爸怎么会变成这个样子的！好好的人，眼睛一眨就成这个样子了！"但这个问题偏偏是无法找到答案的。

后来可能有人提及小辈们怎么不在，话题又扯到孩子身上。几个亲戚自己聊开来，两个儿子懒得理会，目光触及了，陪着点头，嗯啊两声表示在听。

女人的声音更大了，话风陡转，说起自己儿子在澳洲买了两套别墅，每年只回上海两次收租，钱是花不完的，又说去年底刚刚出去旅行，到达冰岛，看到极光，还有大邮轮，几天几夜，阳台上就能看海，四个自助餐厅随便吃，烟熏三文鱼不如咸青鱼好吃……她每说几句，就停顿片刻，眼睛往周围一扫，再以昭示天下的口气说："你们听我讲……"

许荣生听呆了，来急救中心探望病人的访客有巧妙展示生活优越的，有以健康自恃的，但还没见过在这里大肆炫耀孩子和房子的。

那女人还追问那两个儿子给他们自己的孩子买房了没有，又说："男孩子，房还是要给他们买的。"脾气急的儿子回刺了一句："买什么买，都是一把灰，买那么多房子，死了也带不到阴间去。"不知女人说了句什么，两人争起来，互相骂"不得好死"，旁人赶紧劝，女人抽冷子提包甩他脸上，他伸出手去推她肩。十一床一直没转头，咬牙切齿地嘟哝："我 × 你妈，我 × 你妈……"

护士过来呵斥了他们几句，说再吵喊保安，双方才住口住手。女人带着另两人走了，嘴上仍骂骂咧咧：

"见不得我家好，只会眼红。"

许荣生被吵得心神不定。赵金兰来接班，见到这场景一头雾水。他也没多说，交代了几句，就匆匆离开，赵金兰带的茶叶蛋也没拿。他当面不好意思说，想等下午再把秦海生不来的消息截图发给赵金兰，省得大清早的让她失落。

永和豆浆就在辅仁医院附近。许荣生靠窗坐下，背有依托，身体也放松了。明净的玻璃外面，一棵树站在光里，春风从灌木丛拂过，那些喊不出名字的植物，顿时焕发出鲜亮的生机。他侧身近窗，脸贴着玻璃，抬眼看天，几团城堡一样的云悬垂不动，压得很低，靠近中山路的那一团，似乎可以从商业大厦的广告牌走上去。只要有人进店，玻璃门吱嘎一响，就带来一阵光亮和一阵尘土味的清新晨风。

小曹还是那件中华立领，斜挎包，满脸笑容地在门外对许荣生挥手，许荣生也对他挥手，如同彼此是很熟悉的人。

坐定后，小曹说："叔，早饭还没吃吧？咱一起吃点。"这声皖北口音的"叔"，比微信上的"许师傅"要亲切得多，许荣生一下想起亡妻了。

小曹掏出信封，推给许荣生，信封口露出三张百元新钞。他又拿出一个手电筒状的塑料按摩仪，一按开关，前端布满刺点的球高速颤动。"这是专门设计给老年人按摩头部和脚部的，帮助血液循环。叔，你拿回家用。"许荣生摆手，说："我用不上。"小曹站起身，说："叔，你试试，真管用。"然后走到许荣生背后，让他坐直不动，将按摩仪压在他头顶不同穴位。许荣生头皮阵阵酥麻，眼皮也牵连着动，挺舒服。前后几张桌子的人都朝他们看。许荣生说："好了好了，谢谢，我带回去用。"

三张合同纸，许荣生看不明白，字他都认识，凑在一起就看不明白了。小曹耐心很好，一条条解释给他听，关键的两项修改说了两遍，那两条许荣生看得清楚，没什么问题，他吸了口豆浆，说："赶紧签吧，预付半年的。"小曹显然不满意，给他分析交一年划算，整整省出三个月租金。许荣生有自己的打算，他这属于先斩后奏，打乱了赵金兰的搬家计划，她肯定计较，弄得不好，这个租金就全部要他承担，承担租金无所谓，他主要担心赵金兰坚持要搬，那只签半年还有个回旋余地。小曹见劝不动，也就算了。许荣生问怎么付，小曹说如果微信里有钱，直接转就行。他看许荣生犹豫，知道他担心什么，解释说："叔，你想啥呢？这钱不是转给我，你看，这是我公司账号的二维码，你转这里。"被他点破了心思，许荣生反而尴尬，为了表示自己没有怀疑他，当场转了钱。

139

两人一起吃早饭。许荣生问他公司业绩考核的事，小曹大吐苦水，说这业绩考核只针对他这种基层业务员，他所在门店的经理就不需要考核。

许荣生忽然问他："小曹，你多大了？"

"我今年二十。许叔，怎么了，要帮我介绍女朋友吗？"小曹笑得开心，镜片后眼睛眯成一线，他是方脸，笑起来脸颊的肉鼓出，呈现出一种近乎迂的憨厚。

许荣生心想，老实又不能当饭吃，以他现在的条件，真难找。他赶紧打消掉小曹的期待，说："没什么，我随便问问。"

下午收到许荣生发的消息，赵金兰立即向护工公司的经理请假，替班人一到，她打的回家。没顾得上跟许荣生分析原委，拿他的微信发消息问小曹在哪里，说有事要碰个头。小曹没回消息。忍住十分钟，她再发，消息已经发不出了，对方把许荣生拉黑了。她找出名片，再打易租网门店电话，打不通，她打易租网公众号留的总部电话，如她所料，也打不通。傍晚六点易租网公众号发了篇致歉文章，大意是一腔情怀付诸流水，经营不善，走破产程序之类，评论区全是被骗的租客和房东的愤怒留言。许荣生还不死心，抱着最后一线希望，翻到手机存的小曹号码，拨过去，被按掉，再拨过去，被按掉。许荣生无可奈何，脸涨红着，气得说不出话来。

许荣生问她："你说说看呢，怎么能这样？这小家伙长得那么老实，还是阿萍的老乡呢！"

"'老实'两个字写在脸上吗？不能怪别人，怪你跟不上形势，人都是一样的，谁不贪财？你只能怪自己太好骗了。算了算了，吃亏买个教训，也是福气。"

不指责许荣生，赵金兰心里郁气难消，怪他吧，又担心火上浇油，他身体万一怎么样，所以说说哄哄，她也不知道在胡乱讲些什么。钱被骗了是次要原因，许荣生知道她更怪自己擅做主张，没和她商量。他气愤的点也不全是钱，他想来觉得羞愧，自己竟然真的信任小曹，可他说不清楚自己为什么信任他，要多自以为是，多不切实际，才那么容易信任一个认识不久的陌生人。

赵金兰说："总归有办法的，找消费者协会，我不信没地方说理。现在骗子法律不管了吗？明目张胆公开行骗！"

一万零八百，以四十年前他刚进单位的工资来算，二级工，三十五块，得干三十年，就这么被骗走，许荣生不甘心。他拿定主意，说："明天我们去他们门店，搬他们店里的东西。"

"你算了吧，一把老骨头，还搬别人店里东西。"

见他这架势，赵金兰气得笑了，然后试探着问他，"这事能不能请秦海生帮帮忙？他报社的，办法多。"

这次许荣生没再犹豫，他给秦海生打电话过去。最近这些年，他没遇上过什么事，激动加上紧张，他前言不搭后语，表述混乱。电话那头的秦海生半听半猜，明白了大概，让他别着急，说他现在有个饭局，估计八点钟结束，结束后就过来。

许荣生看下还有时间，和赵金兰分工，他烧水、擦桌子，赵金兰去买水果和茶叶，他关照一定要买车厘子。他灌满热水瓶，洗干净杯子，客厅里面转了圈，把椅子再放放正，左右看看，似乎也只能这样迎客了。等赵金兰把哈密瓜切成片，一一插上牙签，许荣生走到阳台，打开窗户，让晚风进来，慢慢晾干桌面。

他目前有些恍惚，心中略感奇异，好像并没有发生什么不好的事，今晚，也是事先约好的，专门等客来说话小聚的良宵。

沁园新村周围几个老小区，望出去几排高层是九龙仓，再后面隔了条河是金科世界城，两个楼盘才交房，入住率不高。

许荣生从阳台张望，对面的窗户由内而外地明亮，一小格一小格的，并不整齐，如同一个庞大仪表上的开关指示灯，近处的一排，间或还可以看到人影在窗户后面走动，仿佛在流水线上操作着什么。与夜晚的天际线相融的那几幢，星星火火的，一幢高楼只亮着一两盏灯，不像是窗户，更像是孤身高耸入云、悬空黑暗的路灯。它们在那边，微弱而持久，让有些不经意往远处去的视线有个停留之处。

赵金兰给他端了杯茶，忍不住劝他，又忍不住责怪几句。这一年来，他们以吵和埋怨继而互相生闷气开始的事，往往也只能以吵和埋怨继而互相生闷气结束。许荣生并没接话，他点点手腕，示意秦海生快来了，忽然又想到什么，提醒赵金兰："今天你千万不能说小军的事啊，人家会以为我们故意哄他来的。"

赵金兰被这句话弄得气恼了，削苹果的手停下，双目睁圆，说："你当我什么人，跟你一样没见识、不知趣？"许荣生自知理亏，挑了粒车厘子，放她嘴里。

秦海生接近九点才到的。他一进门就握住许荣生的手，身上酒气未散，眼神迷离，连说抱歉，又夸许荣生一点也不见老，比前两年还要精神。

许荣生不知多少年没跟人握过手了，一时呆滞，回过神来，半扶秦海生到桌边坐下。秦海生说："没事，许叔，不用扶我，我喝得不多，也就三两酒。"他坐定后，看到准备好的几盘水果，还有刚拆开的那袋茶叶，对许荣生说："许叔，真不好意思，弄得你们这么忙。"

没等许荣生回答，赵金兰插话："哪里的话，是我们不好意思，这么晚还把你喊过来。"

秦海生对她点头示意，又指指许荣生，说："许叔，你看你，也没给我介绍下阿姨。"

许荣生不知道怎么介绍，他琢磨了下才讲："我们现在结伴过日子。"

"蛮好，蛮好，阿姨一看就是过日子的人，许叔有福气。"秦海生站起来说，"你这里我还是第一次来呢。"他端着茶杯，饶有兴致地转了一圈。走到内屋，留意到他们用的还是一台带机箱的老式彩电，他说："我多了一个平板电视，挂书房的，平时也不用，过两天给你们拿过来啊。"他的视线在电视架上的相框停留了一会儿，若有所思。

秦海生的大方，让赵金兰意外又兴奋，她说："秦社长啊，你太客气了。他经常说起你人好，今天终于见到了。"

许荣生驳她："我没有经常说。"

见许荣生语气有点认真，赵金兰不知这句话错在哪里，怕再说错，只好沉默。秦海生从刚才的游离中回过神，尴尬地笑笑，说："我差点把正事给忘了。"

夜色青蓝，包裹住室内的灯光，晚风如亲密之人的鼻息，柔和地拂过头发和耳边。秦海生坐回客厅，许荣生和赵金兰在他两边坐下，颇有父母和儿子讨论家事的意味。

秦海生缓声告诉许荣生："这钱基本上没希望了，报社热线部今天也接到好几个投诉易租网的电话。我问过工商局的朋友，要保留好协议，公司注册地的政府应该会成立破产清算小组，会根据现有资产，凭协议分配给受骗客户。但那也是猴年马月的事了，像这种中介公司，皮包为主，没有什么资产。这次受骗的人也多，到时分也分不到几个钱，几十几百的。只能算了。许叔，你现在最重要的是，千万不要和房东发生矛盾。房东联系你了吗？"

"还没有。"

"估计房东会很快联系你的。易租网是按半年或一年问你们拿房租，再按月给房东，他也是受害者。他联系你的话，你们不要吵，你通知我，我来跟他谈分摊损失。你多摊点，他少摊点。他又不用出钱，也就少收两个月房租。分寸我来把握，你放心好了。"

"好的好的，反正拜托你了。"许荣生把一盘车厘子往秦海生面前推，"你吃点水果，解解酒。"

秦海生拈了粒，嚼着起身。来得就晚，许荣生没再留他，反复叮嘱他一定要喊代驾。秦海生拒绝没用，两人一定要送他到楼下，陪着等到代驾来才放心。快十点了，小区入口处竟然还有几个老头在下棋。自他们头顶，往身外五米左右，路灯投下一柱光的锥形轮廓。半明半暗处，两只猫蹲伏角落，其中一只由漆黑处伸出亮亮的脑袋，轻喵几声，注视着这里。

秦海生像是猛然记起什么事，他掏出样东西，往许荣生手中一送："许叔，你放在身上备备。"许荣生推辞，秦海生摆手拒绝："许叔，你别跟我客气，我也不是特意给你拿的，正好身上有。"等他的车出了小区门，赵金兰从许荣生手中接过来，凑着路灯光打量，是三张面值一千的大东方百货购物卡。

也许是吃多了水果，也许是提前感受到拿卡去大东方百货购物的兴奋，赵金兰翻来覆去，睡不踏实，她念叨给许荣生搞一件打折的羽绒服，自己也搞一件。许荣生想着急救中心那几个昏睡的人，漫过脸部的棉被，头顶永远冷白的光。他心如止水地快要迷糊时，赵金兰拍他肩膀，问他："你跟我讲讲你跟秦海生到底是怎么认识的。"许荣生背过身，说："我要睡了，以后再说。"赵金兰摇摇他，他假装已经睡着了，不再理会。

那天下午，有人敲门，问他在不在家。他仔细分辨，是陌生的声音。他和李萍相视沉默，也不问是谁。他们请了长病假在家里，最好能永远不出门。单位知情，该来的派出所和居委会也都来过了。他们希望敲门的那个人知趣离开。门外那个人敲几下停了，似乎准备放弃，这时听到隔壁邻居热情洋溢的声音："夫妻俩都在家呢，可能在房间里看电视，你用力敲，用力点，他们才听得到。"那人继续敲起来。

他开门，是个二十岁左右的年轻人，板寸，挺精神，白衬衫、军裤，手里拎袋橘子。他从没见过这人，也不记得许刚的狐朋狗友里有面目清爽的，皱起眉头问："你找谁？"

年轻人说："你是许荣生吧？许叔，我找你有事。"

许荣生让他进门。年轻人站着介绍自己，表情尴尬："我叫秦海生，是无锡武警支队的，认识你们家许刚，他让我来的。"

李萍从里屋出来，说话的声音都抖了："是许刚让你来的？"许荣生紧张到不敢呼吸，他等眼前这个叫秦海生的年轻人说下去。

"是的，上个礼拜我第一次出任务，班长派我跟他的车，路上我们聊了几句，他托我带几句话。"年轻人明显不自在，他停顿了很久才说。

"这个畜生！"他再也忍不住，泪水夺眶而出。李萍也号出声来。秦海生看着他们的样子，垂首一边，等他们心情平复。

许荣生想问又不敢问。许荣生不问，秦海生也就没再说，他陪他们就这么沉默着。等到李萍擦掉满脸

147

泪水，看向秦海生，他才继续说下去："许刚说，妈妈要记得按时喝中药；爸爸要让让妈妈，别再吵架；自己的衣服不要全烧掉，留两件合适的，爸爸可以穿……"秦海生说出的每一个字都掉进了深不见底的沉默里。

许荣生终于问出："那个，路上，他还好吧？"

"上车到下车，他没什么情绪。他听出我口音是汉中人，跟我讲以前去过汉中。"秦海生停了停，又说，"他说自己活该，就是太对不起你们。他相信人还有来世的，到时再做你们儿子。也挺巧的，许叔，我跟他同龄，生日只差几天。他要我帮忙带话，我直到今天才请到假，就过来看看你们。"

八音枪

哥伦布旧书店开在永宁国际社区入口处，二层蓝色小楼。从张广青短租的时代上城小区出发，坐地铁二号线四站路，再沿湖步行十分钟即可到达。一楼旧书旧唱片，二楼咖啡和红茶。从二楼窗户望出去，六棵充满热带风情的棕榈树缓缓摇曳，人来人往：拎满满两袋芹菜的阿婆；目光蒙眬的姑娘左手勾着男友，右手怀抱小狗；一个妆容精致的女孩拉开刚到的网约车车门，低头坐进去……这让他感觉恍若小时候坐在弄堂口，城市还是那座城市，只不过建筑更新派一些；邻居还是那些邻居，只不过换了衣物和发型。

这家书店的一大特色就是旧日记，在旧杂志区，专门辟出一个旧日记专架，目测有四五百本。之前等张先骏的时候，张广青偶尔打开一本，翻几页，满足窥私欲的同时，也让他重新思考手中的工作。大概是第三次尝试失败，张广青明白了给张先骏做口述记录是不可能完成的任务。不止一次，口若悬河的张先骏突然停下，陷入苦苦思索，面对咖啡，长考半小时以上。

张先骏消失掉的记忆，一部分是时间感。他讲到灾年跟爷爷出去要饭，这个过程是半年还是一年，他完全不能确定。第二次他提到和童养媳生活过七年，半小时后，他再次回忆这段往事，七年变成了七个月。

消失掉的另一部分是生活的细节。他说小时候养过一条狗。"叫来福，还是来喜？"此时茫然，他浑浊的双眼开始放空，两点凝光消散在空气中，喃喃自语，一些人名地名含糊而出，茶色桌面漆水发亮，他指尖胡乱画着圆圈，像个算命先生排演八字。张广青一阵发怵，把眼神停在咖啡机、西点柜、马克杯架等具体可靠的事物上。这些是没说出来的。问题是说出来的也不顶用。他确认自己出生于1939年8月，河南安阳人，随祖辈逃荒到闾城，张广青一字字记下，仅隔了一天，他又让张广青必须改成1937年6月，苏北建湖人，渡江战役，他跟父亲支前，给解放军摇橹，后来索性留在江南安家。他1955年进的钢铁厂，1958年被选为市级劳模时才二十岁，是当时全市最年轻的劳模，隔年光荣入党，张广青记好后，给他核对，张先骏又说："不对，不对，我1955年进的不是钢铁厂，是冶炼厂，1964年才调到钢铁厂做车间主任。"几次折腾下来，三百格的稿纸记了五张，大半涂黑、修改，像密码本。张广青粗算算，如果真跟张先骏按字计酬，万字一百，这才挣了几十块钱。

书店老板洛洛好奇他们在做什么。她知道张先骏是间城机械局退休干部，住永宁国际B区，独自生活，儿女都在国外。老人家偶尔会进来喝杯咖啡，翻翻报纸。开店四年，这个面容哀戚的中年人是唯一和他交流的人。如果没有记错，最近一周，他们已经在此约谈三轮。上次她没忍住，端杯咖啡，上前打听他和老头之间的对话。"这是在采访吗？你是记者？"张广青思索片刻，告诉洛洛，张先骏发布招募信息，找人给他做口述记录，万字一百，预估五十万字，自己就报了名，从另一个城市过来。"问题是，总费用才五千，这有必要吗？"洛洛不解。其实，就连张先骏自己，也难以理解张广青为何跨城来接这个工作。

这次，张先骏迟到快半小时了。除了第一次见面准时，后面两次他都迟到。据他自己说，一次走到哥伦布，忘了自己是来干吗的，径直走去菜场；另一次刚出大门，想起眼镜没戴，又折回去。岁数大了，行动迟缓，午睡难起，家里还有两只猫，这些理由张广青都能理解。张广青对他的生平既感兴趣，又不感兴趣。

橙光透进来，暖洋洋的色调，身下花格布沙发抱着张广青，神思困倦。仿景泰蓝桌脚，墙面贴满黑白

151

电影海报，墙角一个篮球，就好像他从小就生活在这里。张广青看到影子团在地板上，像是宠物，姿态温顺，需要谁的手掌伸过来轻抚。他给张先骏发了条告别语音，旋好笔盖，拎包下楼。招呼客人的洛洛余光扫到，问他："你不等张伯伯啦？"他微微倾身，挥了挥手，回："今天不等了，我有事情先走，已经给老张发过消息了。"

张广青连夜离开间城，去往下一站，寿县，绿皮火车八小时。

他原本可以再留两天，陪张先骏继续做口述记录，但老人的混乱让他意兴阑珊。提前结束，还在于他不想真的深究陌生人的往事，他只想看看此人，有可能的话，比凝视再深入点，比完全了解再后退几步。张先骏招募口述记录员的广告恰好提供这样一个契机。这也是他开始计划迄今最沉溺的一次了。

他掏出笔记本，端正地写道：7 号张先骏，八十三岁，善良而偏执，已有老年痴呆前兆，儿女均在海外，退休工资八千左右，命运多舛的一代。他愣愣神，又补充一句：晚年衣食无忧，却难言幸福。

夜间十点发的车。小推车艰难挤过车厢过道，张广青买两只面包压饿。行至凌晨，身边乘客各种姿势沉沉睡去。张广青从容注目，因距离近而形成的群体氛围里，他们的年龄、长相、服装都得以虚化，神情相近，就好像不同皮相之下藏着的都是同一个人，同时隐在老人和少年、学生和民工、戴口罩的和不戴口罩的面庞之中。另一辆列车呼啸而过，车窗光影叠加，这节车厢映贴在对面车身，金属疯狂敲打，一条光带载着一些脸闪过，随即消失于茫茫时空。他脸贴玻璃，窗外一片黑色中是看不见的皖南大地，看不见的村落和灯光，车轮轻撞铁轨，身体跟随座椅微晃，一切恢复到原来的节奏。

他又一次打开视频：儿子手持螃蟹，追堵小猫，咯咯咯嬉笑，小猫慌不择路，在沙发、茶几和电视柜之间乱窜，妻子呵斥："当心跌跟斗！你再拿螃蟹瞎白相，等下就没的吃了。"视频显示时间：2019 年 11 月 21 日 18:25。妻子在厨房涮洗蒸锅，没入镜。

张广青睡到中午醒来，洗漱完毕，开始像个真正的游客一样逛寿县古城。他甚至买了张旅游地图。青灰古城墙高耸浩瀚碧空，十一月，刚过旺季，游客不多，沉寂如海底之城。他不明白自己是种什么心态，恶作剧般跟在一对年轻情侣身后走了许久，直到他们发觉，两次回头对视，他才躲开。今天空气质量良好，能见度高，万物纤毫毕现，他的视线留滞于各种建筑、烟囱、细小闪亮的河流。他放慢原先可以迅速接近的过程，逐步完成自制的仪式。下午三点，跟随高德地图的指引，张广青顺利找到黑土地冷面摊。

　　沿街三张小桌，长凳坐满来打卡的食客。张先骏如视频里一样，穿花袄，涂腮红，戴小蜜蜂，唱着黄梅戏妖娆地翻转面饼，抽空配合食客拍照，比心、喊耶。张广青点了冷面，张先骏问他："要不要来份烤肠？冷面、烤肠是特色，来这里的客人必点。"鲜红肉肠在烤机上缓缓转动，肠衣胀起，油汁哧哧滴响。张广青一阵反胃，说："不需要。冷面就可以。"哪怕化了妆，他仍能看出张先骏的脸正经了起来。"你是外地来的吧？本地食客都知道，我家冷面要配烤肠才好吃哩。试一下好了，不会吃亏。"张广青不好意思再拒绝，说："那来一根吧。"张先骏迅速夹根肉肠，淋上番茄汁，一手端着，站到张广青身旁，侧脸微笑。张广青茫然了下，随后反应过来："谢谢，谢谢，我不用拍照。"他接过盘子，做了错事般快步走开，混到人堆里坐下。

　　报道没提张先骏年龄，目测三十五六，他个头挺高，背直，也许当过兵。他腰扭得欢，铲面、切面时目光锐利，不让任何一点菜丁滑出面饼。他举手投足都很专注，时间填满了精气神，让生命的每一秒钟都有迹可循。

　　"爸爸！"一个背双肩书包的少年从身后冒出，

虎头虎脑，跑向张先骏，炫耀地高举起一根玉米。张先骏花袄上抹抹手，替他解下书包。"这么早放学？""区教研活动到我们学校，我们早放学了。""那你回家做作业去。""今天作业留得少，我晚点回去。"少年站不定，父亲做冷面，他替父亲找了笔零钱，又跑到一张桌前，手脚麻利地收拾泡沫碗盘，热络地跟食客们打招呼。"对不起啊，小心洒到。有要蒜的吗？我给你拿点。"童声好听，里面有种超出年龄的笃定。

没有来由，张广青突然站起来，动作太快，幅度也大，身边两个女孩被他吓了一跳，恼怒地盯住他，各往一边微挪屁股。他回过神，点头解释："不好意思，我坐着背酸，直直腰。"复又坐下。

这是一个仿古街区的深处，青条石地面幽幽闪光，如同抹了层色拉油。每个城市大概都有这么一条街，名人故居、冷面店、臭豆腐店、酸奶店和旅游纪念品店掺杂其中，野史成为生活备注，音响重复各式叫卖声，仿佛来自另外一个空间。这些声音充满感情，又全无感情，不知疲惫地呼喊人们过去。新粉的马头墙耸峙蓝天，一棵银杏闪动辉煌，几根光线斜斜射下，始终映亮8号张先骏的红腮朱唇。

"我和你说说小时候——不对，准确说是小时候到现在，傍晚反复听到的那些声音。快二十年了，那些声音一直出现。这是我最大的秘密。我甚至觉得自己发现了世界的一个漏洞。以前没和人分享过,你想听吗?"

"当然。"

女孩枕靠张广青胳膊,脸埋入他怀里。他感受着她温热、紊乱的鼻息。彼此觉得很安全。

"一共两种声音。第一种是小孩的喊叫声。一群孩子跑来跑去,由远及近,又由近及远,他们喊什么听不清楚。我在阁楼做作业,无法听出是哪些孩子,却总觉得自己也在里面。后来我工作了,傍晚用来补觉,迷迷糊糊中还是这些声音循环。不过,我没觉得他们吵,这是我的白噪音,有这些声音我睡得更香。有时我也会奇怪哪来那么多孩子。我三十岁时,在弄堂跑的应该是90后。别说是90后,哪怕是80后,父母那一辈基本也都搬出去住了,就算剩下几个,其他时间为什么不喊不叫,偏偏傍晚才出现?想着挺神秘的,身边有一群只属于傍晚的孩子。他们只在傍晚出现。你也搞不清他们是70后、80后,还是90后,因为叫声和脚步声都是一样的。我是70后,那我第一批听到的肯定是70后,也就是说,70后是个开始,我是个开始,我不可能听到60后孩子的奔跑,对吧?我只能从我开始。第二种声音也跟孩子相关。你知道八音枪吗?一种玩具发声枪,能模拟手枪声、冲锋声、警报声和救火声，还会发出'冲啊冲啊'、'开枪开枪'、'卧倒卧倒'的战场口号声。"

"我知道。我爸给我弟买过，装五号电池，我小时候也玩过，枪筒还会发光，吵死了。"

"对，就是那种枪，呜呜呜响个不停。那些奔跑的孩子拿在手中，开心地大喊，像是一场不断重复进行的战争游戏。八音枪的声音也会单独出现。我租在老新村那几年，一些傍晚，孩子们的吵闹少了，可电子枪声仍然很频繁，好像从小时候跟踪而至，一直在暗处瞄准着你，到了傍晚就开枪，射击在你的阳台下面，以及你窗外的半空中。有次我实在忍不住，下床去张望，却看不到人。有几次也响在枕头边。我清楚是在做梦，明明是梦里响的，可醒来后耳边还持续着警报声，有一辆救护车一直向我开来，或者说它让我觉得自己一直生活在一辆救护车上。有的时候，是生活在一辆警车中。另外一些时候，是在一场看不见的战争中冲锋陷阵，身边死伤无数，你却一无所见。"

说到这里，好像连带记起了更虚无缥缈的事，张广青捕捞着记忆碎片，长时间不说话，大概并没捞出什么成形的思绪。

女孩以为他睡着了，推推他，问："还有没有其他声音？"

"你提醒我了，还有一种声音，应该也是黄昏特有的。但它是躲起来的，要认真听才能听到。那是沉默的声音，不声不响的声音。我知道这有点矛盾，但在黄昏，沉默是听得到的。你能听到对面一幢楼的沉默，几句无精打采的对话，油烟机响了一阵，"砰"的一声关门，是力度很大，带着不开心的那种关法，水烧开时壶叫子响起来，离得远，听上去像吹口哨。你也能听到天空的沉默，那是飞过的鸽哨。房间的沉默也能听到，我的脚步、我的咳嗽和我的呼吸。所以我总觉得世界的运行出了漏洞，每到傍晚就设置那些音效。至少，这样的设定对我自己而言过于潦草，过于随意打发——就是如此，这个世界有漏洞也不是坏事，找到规律就好了。要真能发现设定方式，说不定生活真的可以修改和重启。"

女孩打个呵欠，姿势换成背朝他，但依然留在张广青怀里。

"我可不要重启，我觉得现在挺好的，所里好不容易混熟了，要再来一次司法考试我肯定通不过。"

张广青完整记得那晚所有细节。那时他们还没结婚，他和未来的妻子讲述了那些隐秘的思考。他们之间分享过很多秘密，这样的分享持续到婚后。童年经验、单位八卦、个人喜恶，让生活拥有密林的深度，彼此探究，枯叶青苔遮蔽的内心角落，不时延展出闪亮的新鲜小道。

张广青离开黑土地冷面摊，没再回头看张先骏。

冷面太辣，他有返流性食管炎，努力咽下胃液。忍受烧心之余，张广青疑惑自己为何会想到那晚跟未来的妻子说起的黄昏里的喊叫声和八音枪声。

是因为刚才那群放学的小孩吗？你推我一把，我踢你一脚，他们结伴而行，几个骂着脏话，另几个整齐地唱着"爱你孤身走暗巷，爱你不跪的模样"，经过他后又围聚一起，校服蓝白相间，和张先骏儿子的同款。

是因为一直没回她信息吗？他们离婚一年了。隔离结束，她从律所离了职。他清楚她的痛苦不会减轻。他们认真讨论过减轻悲伤的可能：再要一个孩子，还叫张先骏……永不再生了……身上文孩子的名字……余生每一天都戴上口罩……写一本书，用文字复制孩子七年生命的每一分钟……循环播放孩子的生前影像，睡觉时也开着……但他们最终离了婚。她尝试让自己相信，如果生命中没有了张广青，自己一定能从源头处结束这场痛苦。

张广青十分清楚，自己的行为荒唐可笑，他随时可以终止这场游戏，但他获得了前所未有的充实，荒唐可笑的充实。他多希望这是上帝给他的任务，有种不可怀疑的使命感，必须终其一生去完成。但他没有上帝。他知道弗兰肯斯坦。狂人科学家不断地拼凑，从无数尸体里拣选出四肢、器官和大脑，满足其对复活的想象。张广青自己就是一个弗兰肯斯坦，他在各个张先骏身上想象一个张先骏的点点滴滴。如果存在某种神秘主义，那么，无数张先骏的眉眼神情、身高体重，哪怕疾病，与他的张先骏之间是否会有蛛丝马迹的关联？儿子没机会经历的人生轨迹，是否能从他们的人生中觅得一二？得觅一二就够了。他不能无端胡想，他必须有所依据，这世上所有的张先骏就是他的依据。

1号张先骏是知名黄梅戏演员，1989年出生……2号张先骏是连云港某中学校长，1973年出生……3号张先骏是南通某舞蹈机构的学员，十岁左右，刷到过他的表演视频……4号张先骏是常州出租车司机，拾金不昧上了电视新闻……5号张先骏，女性，人在南京，基金经理，官网介绍详细，复旦毕业，入职八年……6号张先骏念初二，就读于清名桥中学，获2022年梁溪区青少年文学院"抗疫征文比赛"二等奖，他家就在无锡……

远远不止这些，用百度搜"张先骏"，显示有6万条相关结果；搜狗能搜出3万条；谷歌能搜出5万条；用必应搜，跳出13万条相关结果。几个网站前二三十页内容条目接近、图片趋同，往后翻出端倪，必应条目，把"先骏"单独列出，也就是说，"赵先骏""钱先骏"等都统计在内，恒河沙数，浩瀚无边。他从中选择信息充分、距离较近的张先骏，给自己放半年假，开始这场不断复习悲伤的游戏。悲伤成为他保全内心的一种方式。他接近一个又一个张先骏，告别一个又一个张先骏。不能说徒劳无获，在与儿子无关的生活中，他的确能够更强烈地感受儿子生活的可能。

张广青没按原路返回宾馆。

仿古街尽头，岔路，两边排列民居，门前横七竖八悬挂了一根根晾衣绳，各色衣物飘舞，呈半透明状，好像附着小小的生命。小卖部门口，几个老头指手画脚聊着天。或许是因为出现了陌生面孔，他们停下话题，好奇地看向他。这里没人认识他，作为路人，他不会在他们生命里留下任何一点印迹，他几乎等同于他们生活中的透明人。他觉察到他们眼里有廉价的同情。为了证实，他走过一阵再假装不经意回头张望，他们还盯着他。他知道是自己太过敏感，置之不理。

他又想起之前反复设想过的问题：如果真有记忆清除术，自己是否尝试？电影、小说类似情节多多，抹去痛苦，是解决痛苦最好的办法。两个选择，首选抹去，但如果真选抹去，怀疑也就来了：自己是不是曾陷入过更深的悲苦，那些悲苦也遭抹成了空白？以为此世安定，却是以无数痛苦作为铺垫，只是自己早忘了？选择记住？但这记忆又太过强烈，紧绑生命，解除掉除此之外的其他意义，成为唯一的生活依据。他举棋不定。

下一站去哪里？……9号张先骏，合肥人，女性，半身瘫痪，坐轮椅，会制作手工布偶，有家位于地下商城的实体小店……10号张先骏，二十六岁，男性，苏南万科常州公司物管……

他行至岔路中段，前面一座两层楼高青石牌坊，底部端放着铜香炉和几盘塑料水果，脚座遭火燎黑，不知历经了多少年信奉。他靠近牌坊左侧的一户人家，想知道街名，没找到门牌号。隔壁阿婆弯腰择菜，假发缕缕分明，发箍处一点反光晃眼。厨房沸腾着什么，闻不出气味，淡蓝烟气不断往四周翻涌。听到动静，她瞥了眼，不理会。张广青走到这边，看看门牌，默记下街名。阿婆忽然挺身，对他怒目，手里一把菜刀。虽觉得她举止奇怪，张广青还是朝她问好，阿婆扔掉青菜，指着他鼻子骂："你们究竟什么意思？跟你们说过了，我做不了主的，要谈，等我孩子回来谈！"大概听懂方言，张广青知道有误会，解释道："你弄错了，我是外地游客。""什么外地游客？游客转到我们这里来干吗？我们这里又不是景点。边上房子都卖一万八了，你给到七千，没人肯搬的。再说了，我们在这里住了几十百把年了，你就给七千！"阿婆愤愤不平。张广青解释不通，转身往街口走，阿婆跟在他身后不依不饶："看你就不像什么好人！记我家门牌干吗？来剪电线吗？你别破坏我们过日子！"再次经过小卖部，一个穿中山装的老头背手款款而出，他咳嗽几声，伸手拦住张广青，语气都是教训："你以后别来了，这种事情缺德的。反正给不到一万二我们不会走。我们这里过过日子蛮好的。记住，我们这里不欢迎你。"他脸干瘪，皱纹纵横交错，像是经过了脱水处理。张广青不敢与他对视，也不好冲撞到他，只好停步。看到张广青示弱，老头更为强硬："喂，你记住了吗，给不到一万二就不要再来了？""记住了。"老头这才把手放下，让他通过。"是的，我们都不欢迎。再来的话，你让区里拆迁办的一起来，他们别躲在后面！"几个老头大合唱般起哄。

2055 年 8 月的第三周，张广青离开华盛顿，飞二十个小时，来到墨尔本的卡思曼酒店。他在这里寻访 359 号张先骏。这个张先骏出生于 2022 年 11 月，这年三十三岁，中餐厅大厨，凭一手淮扬菜的好刀工，在澳洲美食界享有"东方神刀"的盛誉。为了更好地展现中餐艺术，酒店设计了环绕式明厨餐厅，灶具、厨具、油烟处理使用最新工艺，从食材清洗、切割、烹制到摆盘，客人可现场观赏大厨们的巧手妙工。

年岁不饶人，张广青舟车劳顿，全身每一块骨骼都在酸痛。酒店大堂办理入住，总台服务员看他白发苍苍，身形佝偻，咳个不停，问他是否需要帮助。张广青喷了下气雾口罩（一种新型口罩，如依云喷雾，对准脸鼻喷一下，会形成纳米保护膜，不影响呼吸），说："不用。我自己去沙发上休息一会儿就好。"

他拒绝服务员的搀扶，缓步挪到大堂那张玫红丝绒超长沙发旁，沉陷其中。身旁一对黑人情侣，低声激烈地交流，他们来自尼日利亚，正为晚上去购物还是去参加 SpaceX 火星基地落成狂欢节游行意见不同。这个时代，人类语言障碍已经消除，这项世纪初开始的技术此时已完善成熟，通过微粒免植耳机，可同步听懂世界任何一种语言。马斯克的火星星舰成功发送了二十七次，火星基地初具雏形，当然，其象征意义大于实质意义，从直播现场看，其形状、体积接近一辆大巴。

十年前，星舰首次成功载人发送。他和前妻一家在无锡太湖饭店聚会，共同见证。那次是前妻邀请他去的，那天是她外孙的百日宴。这些年，他和她的新家庭多有来往。她先生叫陈国庆。她关心张广青的身体和精神状况，以及他的养老问题，这些，陈国庆都予以理解并支持。这些年，她打给张广青的电话可分成以下几个阶段：2023 年至 2024 年，倾诉挣扎，复盘孩子染病路径，职场障碍；2025 年至 2030 年，劝他回归事业，再婚生活分享；2030 年至 2044 年，提醒他必须去精神卫生中心；2045 年到现在，过节问候，邀约家庭聚会。

他喜欢听她唠叨，抱怨他的执拗，仿佛是一种表扬。张广青嘴角含笑，他自觉做了件与马斯克所为同样了不起的事情。马斯克往火星移民，宣称为整个人类文明开拓新的疆域；他原地踏步，决心为自己的一叶障目访遍地球上所有的张先骏，按他的理解，他也在开拓儿子生命的边界，这样，儿子七岁以后的生命就活在更多的人身上了，这么算，儿子今年已经四十，记忆始终不曾停止，由 2021 年生长至 2055 年……还会通过无数张先骏的生活继续累加。张广青领略了张先骏无数个过去、无数个未来。人类需要宇宙，而他只需要一叶，以此障目。

一帮客人步入大堂，男女老少都有，大概几组家庭结伴，好几个脸上带妆，扮着电影里外星人的角色，一个戴着乔布斯的面具，一个戴着泰勒·斯威夫特的面具，肩上还扛着一把道具吉他……看来他们迫不及待地要加入游行队伍了，边走边手舞足蹈。大门外隐约传来节奏欢快的鼓声。千万年过去了，我们庆祝的方式并没有实质改变，古人以群体喧闹的形式让神灵听到自己的虔诚，现在的人差不多也还是如此，让自己听到欢乐，反复向自己证明：我很快乐。

张广青记起三十多年前寻访6号张先骏那天。他等在清名桥中学门口，身处接孩子的家长当中，就好像他自己也是来接孩子的。培训机构的销售堆满笑意，将传单塞入他手中："孩子有需要，到我们这里来学，包提分。"此举此语充满了善意。恰逢校运会闭幕，军鼓阵阵，尖锐小号吹亮黄昏，校长宣读得奖孩子的名字，校门外那些站着的、骑在电动车上的、扶自行车的、蹲路边的家长，纷纷抬高下巴，认真聆听天空。教学楼顶的一片白云，如一片羽毛，仿佛有什么难以觉察的庞然大物正从人们头顶飞过。放学铃响，孩子们按年级列队而出，奔向各自的家长。自己走路回家的，三五成群，暮光之下汹涌一片。虽然张广青手机上有6号张先骏的照片，但此时他分辨起来也无能为力，于是他大喊一声："张先骏！"前后左右，同时好几个大人、孩子看向他。

张广青听到外面鼓声愈急、愈响，同时捕捉到了救护车和警车的鸣叫，但他并不觉得突兀，反而获得了催眠曲哄睡一样的心定。睡意如潮水袭来，覆没了大脑，身体一松，他伸脚滑入没有边际的意识模糊地带。这些年他失眠严重，唯在大多数人不睡的时候反能睡得踏实。他能在除夕鞭炮轰鸣中沉沉睡去，在奥运会、亚运会、世博会开幕时梦入黑甜。别人睡，他失眠；别人不眠，他却能安然入睡。不眠的人越多，他就睡得越深。

今天是全人类共同庆祝的日子，据说会直播系列活动，包括人类首次在火星小教堂里祈祷，首次在火星上踢球、泡澡、烘烤面包。六十几个国家组织了狂欢活动。

"先生，你怎么了？""快报警吧！""上帝啊，他不行了。"张广青听到五六种语言，表达着焦急、无奈和同情，还有孩子们的奔跑喊叫声，由远及近，又由近及远。他想回答，却发不出声音，眼皮、嘴唇重如千钧，努力了几次，纹丝不动。他拼尽全力想要在意识里设置障碍：下一站去哪里？……9号张先骏，合肥人，女性，半身瘫痪，坐轮椅，会制作手工布偶，有家位于地下商城的实体小店……10号张先骏，二十六岁，男性，苏南万科常州公司物管……

他住的宾馆房间隔壁正大声播放着去年大火的那部科幻片。此刻，他索性放弃了挣扎，任由身体继续下滑。

我像燕子呢喃，
像白鹤鸣叫，
又像鸽子哀鸣；
我因仰观，
眼睛困倦。

《以赛亚书》38:14

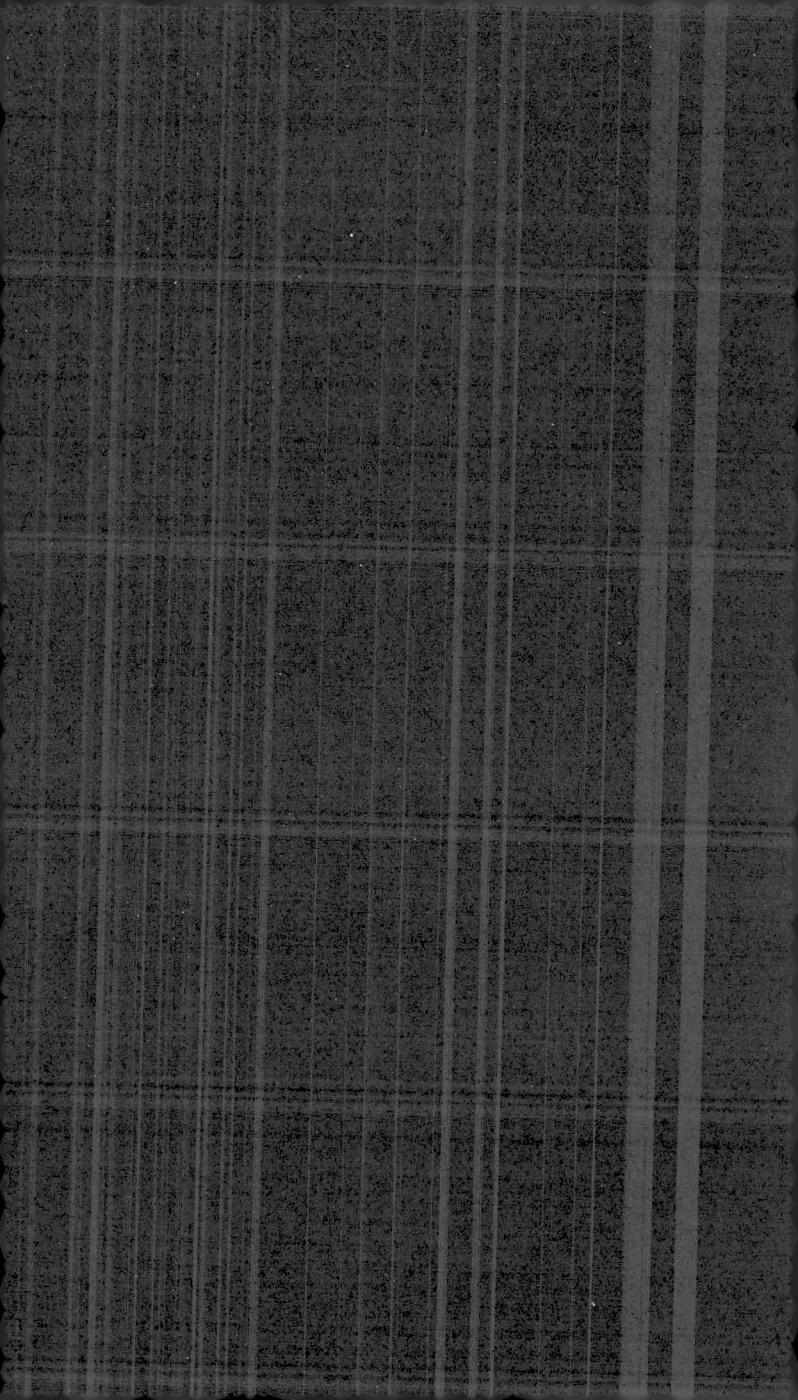

"鬼迷"与"唔不交易"

五月开始，江南的雨便没完没了，下得人没有精神。这雨像是从过去而来，十几年，二十几年，下下停停，把过去滞留在现在。

现在是下午一点，阮夕清打开网易邮箱，并没有新邮件提醒。他只是习惯过个半年重温一下那些邮件。在此之前，他已经复习了腾讯邮箱和早已停摆的校内网。一个网址和一个网名就能带来一次情绪重现。更为重要的是，他不再是参与者，他置身事外，以一种欣赏、回味的眼光来看待只属于一个人的来历。

他已婚，前面经历了一次创业失败。说是创业，其实只是开了家叫"卡夫卡"的书吧。书吧关掉后，他有两个多月没出门了，借口趁这些日子调整调整状态，看看有没有新的方向，或者可以尝试重新写写东西。这是说给他妻子听的。这一切似乎尚在他妻子的容忍范围内。她的收入和他们之前的积蓄尚可维持基本的生计。

但他其实已经很久没有写过东西了。他一度痛苦于欲望的下沉，哲学和宗教如两块绑在腿上的青石，只让他清晰看到下沉的速度。他整宿玩网游，每天只能睡两三个小时。白天，妻子发信息提醒他：天气好，记得出门走走，哪怕约网友呢，总比在家里发霉好。

"抑郁"，这么舶来、正经的病症术语，它不该出现在阮夕清身上。在当地方言里，有更准确的词语来形容这种状态，比如"十三点""作景""鬼迷"（这里的"鬼"发音同"沮"），意思是对某种时髦的东施效颦，此时髦不限于生活方式或思想状态。那么，无论有多少切身体验的挣扎、失落和无力，抑或不由自主地与那些大词发生思维对接，似乎都可以简化成对那些杂志故事和网络新闻的模仿。阮夕清模仿着恐接电话、不回消息、拉上窗帘和睁大眼睛沉默。

当地方言里还有另一句话：阿有交易？翻译成普通话就是：有没有好处？这通常用来问新结识的人、做的新事情或新的想法是否能兑现实用的价值。有交易，或唔不交易（没有交易）：你儿子有病啊，报哲学专业，这个专业又唔不交易的；他丈母娘在法院工作，有交易的；小张在外企做得好好的，辞职准备开书店，笑死人了，这事又唔不交易。再延伸一下，"唔不交易"从一开始就在阮夕清周围的很多人身上打上了烙印：知青，唔不交易；大集体单位，唔不交易；

混了二十年才混了个正科，唔不交易;只是普通一本，唔不交易。也有反例：他儿子在社会上混得很灵，去年靠赌弄了五六百万，有交易。

那两三年是阮夕清的鬼迷时间，毫无疑问，那时他正处于生命状态唔不交易的阶段。无力的是，这根本与书吧创业失败无关。他也是斜杠青年，做过会计、营业员、保安、保险业务员、跟车、城管、房产策划、广告业务员、编辑……然后，他想当当看个体户，于是成了一个失败的书吧老板。这个身份不过是把他的唔不交易进行了稳定的延伸，复制出又一道斜杠。

书吧经营的一年半内做了二十几场活动，快歇业前，他还筹办了一个诗歌民谣节，景区赞助，略有盈余。过后，他就不怎么去书吧了，两个志愿者主动申请替他打理。某天上午，他去书吧取几本旧书赠友，发现志愿者不在，二楼沙发上躺着五个睡得正酣的青年，他不认识。一楼吧台上空酒瓶压着张纸：我是田鸡，欠卡夫卡书吧老阮小鸟伏特加两瓶，毕业后还。阮夕清并不认识田鸡，可能是某个常来书吧的人带来的朋友。他羡慕田鸡的洒脱，也想留张纸条给生活：我是阮夕清，欠房租房贷若干，过一百年还。

阮夕清打开微博，上次发动态还是一年半前，诗歌民谣节活动的宣传。有个叫"倒影之月"的陌生人给他发了私信，时间是两个月前。他微博实名，但多用于书吧宣传，值得重温的私信不多，陌生私信大概率为广告或营销号互粉请求，他一般瞥一眼就退出。这封私信，虽只有百把字，但阮夕清看了好几遍。

雨声覆盖他的听觉，有点不小心触及非现实的恍惚，就好像所面对的事情只是因这场雨而发生。

"倒影之月"自称是一个二年级小朋友的家长，孩子不喜欢读书，不喜欢写作文，她想请阮夕清教孩子阅读和写作。她说，十四年前，她上大三时，在校门口书报亭买过一期《小说界》，在上面读到他的一篇小说，《道家昆虫学》，里面提到很多书目，那些"伪观点"颇新颖，加上他又是无锡本地人，所以印象很深。读了那篇小说，她觉得作者是个喜欢读书、有趣并对生活充满热忱的人。对孩子的语文一筹莫展之际，她试试看用微博搜索青春时有印象的这个同城作家，没想到他居然实名，便唐突留了言，麻烦他考虑下，并附了手机号。

《道家昆虫学》，阮夕清写于一九九九年，那年他二十三岁，那是他第一篇发表在有影响力的文学杂志上的小说。小说发表后，除了那个著名编辑的鼓励外，没有任何反响。没想到，过了十四年，这篇小说以这样一种方式重现于他的生活。他的心绪不可能平静，他以为完全走远、消逝的一些时间，其实并没变成片光碎影。至少这一瞬间，他从置身事外的旁观者，又恢复成了自己生命的局内人。

他的写作中止于二〇〇九年。

他对自己的才华和创作定力逐渐有了清醒的认知，这种清醒让他慢慢失去了成为作家的野心。只要有理想，就会有灰烬，就经不起拨弄，偶尔重燃一阵，也是微火暗烟。现实境遇便成为畏难时偷来的一盆凉水。阅读还在继续，但更多是慰己的借口。有一阵子，他甚至倒过来想：现实越失败，写作的冲动就越强烈；不写，说明他的现实还不够失败。可一旦如此前置，便不是为爱和智慧写作了，而是为失败写作。他很不服气自己是个如此软弱的人。

私信里提到的杂志和小说，也是一种力度恰到好处的拨弄。这简直像一个"知音体"故事的开始。他恍惚的原因不止于此。"倒影之月"邀他做阅读和写作培训，这正是前两个月他脑海里闪现过的念头，没有进行下一步的原因很简单：感情之外的很多事情，如果没有外界的推力，他都缺乏主动深入的勇气。现在似乎有了开始的理由。在他三十八岁，唔不交易感最强烈的时候，一篇二十三岁鬼迷时写下的小说走了过来。它好像特地等在雨幕深处。中年隐约看到来给他领路的青年。

阮夕清和"倒影之月"通过三次电话，谈及开班时间、地点、教学内容等。

他的顾虑是，自己的阅读成年后才开始，童书这一块是缺失的，需要时间来恶补。他也试探性地跟对方讲了自己的授课逻辑，并坦言其实自己以前的语文成绩一般。他说起自己从一个厌恶阅读、写作的人变成了一个热爱阅读、写作的人，中间是遇到了一些书。他想从这些书开始，当然也会用适合这个年龄的孩子的交流方式。"倒影之月"表示没问题。

接下来就是让他们都感到棘手的现实问题了：收多少学费合适呢？如果只带一个孩子，付出和收益该如何平衡？他打听无锡这类机构的课时收费，取中间价。她也答应多问几个有需求的家长。最终，连她在内共六个家长，确定给孩子报名。

就像妻子提醒的那样，阮夕清果然约了网友见面。六个家长一起。见面地点在清名桥边。中午，古运河摇曳着银波。六个家长都是趁孩子补习时间过来的，等下还要去接孩子，就没去茶馆。他们站在梧桐树下聊天。光影缘故，仿佛是一桩旧事的情景重现。

这是一群年轻的母亲，身后是一众平稳、美好的家庭。他在接近幸福的集体模板。或许她们要的只是分数，但他想得更复杂，他怀疑自己与她们的孩子以及与她们本人的情绪共进、同理感知的能力，这有别于他的妻子对他的感受近乎无条件的承接。这次，他要面对的是别人具体到一笑、一转笔、一跺脚的生活了。

另有让阮夕清感到惊讶并顿生退意的消息：原来"倒影之月"自己就是语文老师，其他几个家长则是她在教育学院的同学、学姐或学妹，也都是小学或初中老师。六个孩子中，最大的已经初二，两个二年级，一个五年级，一个六年级，还有一个是一年级。按年级分，得分五个班，一个班级只有一个或两个学生，备课、上课的时间就变成原先的五倍，课时费也就变得聊胜于无了。

他斟酌两天，把最终决定告诉几个家长：只安排一个班，家长们可随堂听。他把最初几节课的主题发到群里："我们从哪里来？"，分两节课；"我们是谁？"，分三节课；"我们到哪里去？"，分三节课。有家长立刻在群里质疑：这样的题目会不会很难？再说，讲的内容跟语文关系也不大啊。阮夕清如此解释：这个课肯定不是学校语文课的简单重复，可以当故事会听，这几节阅读课只提供问题，准确地说，是把孩子们从小就有的问题放到哲学家、艺术家、科学家、诗人的思考序列里，让孩子们知道，原来思考的乐趣大于得到某个确定的答案，阅读、写作，无非如是。群里一片沉默，他几乎准备说算了的时候，那个质疑的家长突然说：我试试吧。

她们陆续转账给他。

一篇发表后没有一点水花的小说，开始微调阮夕清原来的生活节奏。一切仿佛文学故意的设计。在最初几个家长看到自己孩子的变化，对课程有了认可后，她们陆续介绍同事、亲朋的孩子过来。她们的教师身份延伸影响了更多的孩子。

很多年前他读过的那些唔不交易的书、做过的那些唔不交易的读书笔记，鬼迷期写作形成的文字敏感，以及无需量化教学目标的取巧，让他的课堂有着与学校不同的丰富和跳脱。当然，根本原因，是两三代人阅读匮乏后对于教科书之外另一种语文的新鲜感。

阮夕清当年作为"文学新秀"时结识的文友，有几个在地方媒体工作。于是，无锡的报纸、电视台开始对这样一个地方作家的教育尝试进行报道。听到自己还被称为"作家"，他是惭愧的，整整七年没写了，之后也应该不会再写；听到"教育"两个字，他更觉惶恐。商业的理由又抵消了部分惭愧和惶恐，事实上，他心安理得。

他被邀请去学校、图书馆开讲座、主持读书会。在擅长的几个讲座主题材料用完后，或许是自信的增强，他开始在讲座中引入自己青少年或工作时的经历：二年级如何一个人度过父母都上夜班的晚上；同学组织的偷国营粮店的面包小分队；被弄堂里的疯子持马桶刷追赶；苦练大人笔迹在试卷上签名；第一天上班正逢新店开业，参加店里的搬家突击队，连续搬运十六个小时，晕倒在床上用品柜边……面对学生，他保持严谨；面对成年人，他熟练地插科打诨，表演睿智，仿佛是一个博览群书但混迹江湖的成功学讲师，游刃有余。他偶尔与听众眼神相触，他们瞳光里的真诚让他感到羞愧、心虚。每次讲座他的确会充分准备，可这些二手知识和二手感受充斥豆瓣和知乎这样的网络平台，他更多是观点的搬运工。有次他忽然想起，这些所谓"文艺广场舞"的能力，源于他之前开书吧主持活动的经验。

电影《贫民窟的百万富翁》讲成长中的苦难印痕如何在神的悲悯注视下转化为获得，他亦有同感。阮夕清自然没经历过什么苦难，算不得为生活现实挣扎的底层，但他好奇的是，仅就他个人而言，普通到若有若无的成长印痕，属于大多数人的复制生活，极少数的唔不交易状态，经文学点化，也能转为现实的获得。正像那几行诗句所描述的，"灰雨的世界，/ 失去的世界，回忆的世界。// 然后，突然，太阳闪耀。"

阮夕清体会到一种强烈的被设定感。

179

那么一两年，生命滑溜如一块沾水的肥皂，带着腻沫，一下滑到瓷砖上，一下滑到孔槽里，又被抓住，放入塑料盒。年近四十，如果比作写诗，前期是深度意象和朦胧，继而写实，继而口语，现在是一首打油诗，很顺，简直朗朗上口。

生源持续增多，他招聘助理、延揽教师。除了社会应聘，他的写作朋友，把他称为"老师"的文艺青年，看好此事前景的家长，以及他的远房亲戚，都加入了进来。他对照网上看来的教师工作技能，依样画葫芦对他们进行培训。

可能因为那几年市场闲钱太多，真有创投基金负责人辗转而来跟他谈投资。他生活中魔幻现实的时刻很多，新写实的时刻很多，寻根的时刻很多，唯独这种白领都市题材的时刻罕有。他穿上结婚时的西装，打上领带，去到对方的办公室。刚开始一切平常，半小时后，对方发现他对管理一无所知，并且对自己所做事业的未来根本没有强烈的进取心。在把话题转到一个共同熟人的情感八卦后，双方都如释重负。

半年后，如那个总裁所提醒的那样，阮夕清的公司出现了变故：短短两三个月里，他的助理、公司前台各带一批教师离开，课程中断，生源流失。离开的人以带走的课件为基础迅速复制出几个机构。

他自己都难以理解的是，他似乎是他们的同谋，乐见其成，否则无法解释，为什么第三方多次提醒，他却不做任何防范。

事情发生前一年，一次饭局，他微醺，上洗手间，听到自己的远房亲戚对另一个教师说："傻叉，整天请客，让人陪他吃饭，脑子坏掉了。傻叉，穷人有钱了就是这样。"远房亲戚的声音低沉，让人信赖，跟阮夕清几个月前把他从准备跳楼的窗台上拉下来，一周后又给他加工资时，他用力说出的"谢谢哥"一样朴实。

离开的人替代他跟一家图书馆进行合作。阮夕清前去交涉，馆长不无揶揄地说："××说你根本不是个作家，以前是个城管，做过保安，喜欢赌钱。你到底是不是作家？有没有写过什么？拿给我看看呢。你亲戚现在学你，在名片上印了'青年学者'。"阮夕清终于忍不住羞辱，回了一句："我从来没在名片上印过'作家'，我也没吹嘘过自己是作家，我只是喜欢写作。""噢，写的拿给我看看呢。"

丧失感和被替代感笼罩他。

他重整余下的团队，托底可随意解约的合作校区，硬着头皮像往常一样给学生上课，精神满满地给同事打气，但到家就往床上一躺，又开始模仿恐接电话、第二天才回消息、拉上窗帘和睁大眼睛沉默。妻子提醒他："实在不行就别干了。怎么又开始整晚坐在沙发上发呆？你别光发呆，刷刷抖音啊，抖音多好玩。要不你做 SPA 去。再没精神，你写写东西啊。你都多久没写了。"

二〇一九年，一档知名的人物访谈节目到无锡录制。原先邀请的客串嘉宾临时有事，请阮夕清代为出镜。在此之前，他对那档节目的了解仅限于一些视频切片。主持人他是认识的，但介绍的朋友并没说主嘉宾是谁。他做了一件很拙笨的事：根据介绍人提到的两个关键词，"辅仁中学"和"东林书院"，他从网上找来相关资料，近乎通宵熟记。

九月午后的阳光让整修过的书院焕发出抛光打蜡的新。阮夕清带主持人走过牌坊、碑廊和石桥，一路滔滔不绝。但显然主持人兴趣不大，只是礼貌地配合听听。节目组工作人员选一个凉亭作为对话地点，两个机位，阮夕清坐下，靠柱子，学主持人的样跷起二郎腿，看到自己裤管拉扯后露出的袜洞。主持人没问东林书院的事，他说："刚聊到你之前写小说，后来停了。停了大概有十年了吧？后来为什么不写了？"阮夕清大概停顿了二十秒，脑子乱成麻团，正要说出原先自以为厘清的理由，才发现并不成立，只是胡言乱语一通。主持人对他的慌乱稍感错愕，并未深入，另开话题。后面交流时，只要不提文学，阮夕清都接话熟练，语速快、表达密。但其实他一直错乱于刚开始的节奏。主持人很有耐心，并在中场时鼓励他："你说得很好。"

他并不知道主持人的工作安排，热情邀请对方去"华夏第一公园"看看。他知道自己的热情很奇怪，像是一种做了错事之后的掩饰。主持人给他面子，跟他一起去这座每个城市都有的公园，工作人员也一路跟拍。他们穿过露天茶室、广场舞区、卡拉OK区、老年人交友区，到牢骚角时，有正在谈论国际形势的老人认出了主持人，形成一阵围观，他们迅速离开。

在阿炳故居，阮夕清跟主持人说起自己的工作，引起主持人的兴趣，提出去他的学堂看看，并说："许老师一直很牵挂家乡的教育。"这时，阮夕清才知道，主嘉宾是远在海外的历史学家许倬云先生。

后来为什么不写了？

二〇一九年最后两个月，阮夕清被这个问题给困惑住了。他纠结东林书院的那个下午，试图再次给出答案。但仔细推敲，所有答案均不成立。

这时，他又想到在自己三十八岁，唔不交易感最强烈的时候，二十三岁鬼迷时写的《道家昆虫学》走过来的样子。过去一两年，或者过去的很多年里，那种莫名其妙缠绕生活的丧失感和被替代感一下子变得轻盈。继而，那些自我认知移位的混淆，仿佛成了某种更加明确的生活的背景。《道家昆虫学》领路，所通往的或许不仅是与现实的相融、对日常的经营，更有被他遗忘的另一个自己。他需要回到自己的青年。

后来为什么不写了？

只有一个方式才能回答，那就是写。通过写，一边回答为什么不写，一边重建难以被替代、被欲望剥夺的自我。这个欲望，更多的部分来源于自己。

他重新开始写。

二〇二〇年四月，节目开播。放到他参与那一集时，他既期待又害怕，他无法想象自己束手无策、支支吾吾的样子出现在家人、朋友和学生面前。让他先感失落，后又长舒一口气的是，他的镜头全被删了。有东林书院的场景，但没有他。他自觉幸好被删，不然自己那些话和硬邀主持人去公园的举动，太过突兀。

他觉得节目也好，更宏大的时空也好，偶尔感受到自己的不在，极其美妙。因为只有在过，才能感受到自己的不在。这是被表达过的空白。正如国画里的留白，云水山石的裂缝，亭台楼阁的间隙，可以凝视的那一点。

他要缓慢地建立属于自己的空白，通过写。

图书在版编目（CIP）数据

燕子呢喃，白鹤鸣叫 / 阮夕清著. -- 上海：上海
文艺出版社，2025. -- ISBN 978-7-5321-9289-2

Ⅰ. I247.7

中国国家版本馆 CIP 数据核字第 20254712WU 号

责任编辑：余　凯
特约编辑：任绪军
书籍设计：左　旋
内文制作：重庆樾诚文化传媒有限公司

书　　名：燕子呢喃，白鹤鸣叫
作　　者：阮夕清
出　　版：上海世纪出版集团 上海文艺出版社
地　　址：上海市闵行区号景路 159 弄 A 座 2 楼 201101
发　　行：上海文艺出版社发行中心发行
　　　　　上海市闵行区号景路 159 弄 A 座 2 楼 206 室 201101
　　　　　www.ewen.co
印　　刷：上海盛通时代印刷有限公司
开　　本：1092×787　1/32
印　　张：6
字　　数：102 千字
印　　次：2025 年 5 月第 1 版　2025 年 5 月第 1 次印刷
Ｉ Ｓ Ｂ Ｎ：978–7–5321–9289–2/I.7285
定　　价：52.00 元
告 读 者：如发现本书有质量问题请与印刷厂质量科联系
　　　　　T：021-37910000

《华夏第一公园》发表于《收获》2024 年第 3 期

《运河铁人》发表于《上海文学》2021 年第 10 期

《燕子呢喃，白鹤鸣叫》发表于《小说月报·原创版》2025 年第 3 期

《讲苏州话的人》发表于《上海文学》2023 年第 3 期

《窗外灯》发表于《十月》2021 年第 1 期

《八音枪》发表于《上海文学》2024 年第 11 期
原题《踩刹车的人》